# 一千万人誘拐計画

西村京太郎

角川文庫
23658

目次

# 受験地獄

# 1

起きて、反射的に枕元の時計に眼をやった木村昌彦《きむらまさひこ》は、蒼《あお》くなった。

いくら見直しても、時計の針は、午前八時四十分を指している。それでも、ベッドから飛びおりると、テーブルの上の電話をつかみ、時報を知らせる電話番号を回した。あせっているので、最初は、天気予報のナンバーを回してしまい、あわてて、掛け直した。

だが、電話の時報も、八時四十分だった。

「畜生!」

と、昌彦は、思わず、こぶしで、テーブルを叩《たた》いた。

時計の目覚しは、午前七時にセットしてあったはずなのだ。新しく買い求めたのだし、何回か試してあったのだから、今朝鳴らなかったとは思えない。

昨夜、早く寝ようと思いながら、やはり、入試のことが気になって、午前三時頃まで、あれこれ考えたり、不得手な数学のテキストに眼を通したりしたのがいけなかったのだろう。

いっそのこと、眠らなければよかったと後悔した。

今日のT大の入試は、午前九時開始だった。ここから、タクシーを飛ばしても、二十分で、試験場へ行くことなど出来っこない。少なくても、三十分はかかるのだ。

昌彦は、すでに、二年間浪人している。二浪である。

名古屋で、公務員をしている父も、母も、昌彦がT大に入ることを望んでいるし、昌彦自身も、T大に入ることが、中学の頃からの希望だった。

両親は、そのために、T大のある東京に、彼のために1DKのマンションを借りてくれ、有名な予備校に通わせていた。

課長とはいえ、地方公務員の父親にとっては、大変な出費である。それだけ、一人息子の昌彦に対する期待が大きいということだった。

母の弓子は、後妻だが、それだけに、昌彦に気を使っているようだった。わざわざ、九州の太宰府《だざいふ》まで行って、合格祈願をして、お守りを貰《もら》って来てくれたのも、弓子である。

昌彦は、今年こそその両親の期待に応えなければならないと、心に期していた。

この一年は、今までで、一番勉強しただろう。三浪は嫌だという気もあったし、二十歳になったら、両親の援助に甘えてはいられなくなる。

私立大のK大とM大も受験したが、これは、あくまでも、気やすめで、受かったとしても、行く気はなかった。目標は、あくまでもT大だった。

そのT大の受験の日に、寝過ごしてしまったのである。

K大やM大の受験の日には、ちゃんと時間に起きられたのに、肝心のT大の時に、寝過ごすというのは、何ということだ。

こんなことで、一年間の苦しい受験勉強がふいになってたまるものかと思った。

（しかし、どうしたらいいだろう？）

T大では、十五分以内の遅刻なら、試験場へ入れてくれるが、それ以上の遅れは、拒否されることになっている。

昌彦は、もう一度、時計を見た。八時四十三分だ。ヘリコプターでも使わない限り、九時十五分に、大学構内に入ることは不可能だった。

眼の前が、真っ暗になるのを感じた。受験して落ちたのなら、まだ、両親にいいわけが出来る。だが、寝過ごして、受験ができなかったというのでは、合わせる顔がない。友人に嘲笑《ちょうしょう》されるだろう。

「畜生！　死にたいよオ」

と、声に出して叫んでみたが、叫んだところで、どうなるものでもなかった。こうしている間にも、時間は、どんどん過ぎていく。一応、服を着て、靴下もはいたが、もう、九時十分前になってしまっていた。

昌彦の顔が、次第に蒼白《そうはく》になっていく。

ともかく、行くだけは行ってみようか。もっともらしい遅刻の理由を考えて、試験場へ入れて貰おうか。

(他に方法はなさそうだ)

と、思い、昌彦は、立ち上り、ドアのところまで歩いて行って、彼は、急に立ち止まった。

2

昌彦は、電話の前に座り込むと、受話器を取りあげた。

T大事務局の電話番号を回した。ちょっと指先がふるえたが、受験もしないで、あとで嘲笑されることを考えれば、怖くはなかった。

「こちら、T大事務局ですが」

中年の男の声がいった。

「よく聞くんだ」

と、昌彦は、わざと、押し殺した声で、すごんで見せた。高校時代に、演劇部に属していたことが、こんな場合に、少しは役に立った。

「何のことです？」

「おれは、T大に恨みを持っている。だから、試験場に時限爆弾を仕掛けておいた。受験者が、試験場へ入ってから、爆発するぞ。そのようにセットしておいたからな。爆発まで、あと数分だ」

「ちょっと待ってくれ！」

電話の向うで、男が、あわてていった。

「待っても仕方がないよ。もうすぐ、爆発するんだ。死人を出したくなかったら、早く受験生を避難させるんだな」

「爆弾を仕掛けたというのは、本当なのかね？」

「嘘《うそ》だと思うなら、そう思っていればいいさ。死人が出てから、後悔しても遅いぞ」

「なぜ、爆弾なんか仕掛けたんだ？」

「T大に恨みがあるといったはずだよ。おれの親父は、T大出の上役に首を切られた。おれ自身は、もう二回もT大の受験に失敗した。だから、いっそのこと、T大を爆破してやろうと考えたんだ。早くしないと、死人が出るぞ！」

最後は、大声でいって、電話を切ると、昌彦は、マンションを飛び出した。

今の脅迫電話が、果して、効果があるかどうか、昌彦自身にもわからない。いちかばちかの電話だった。失敗すれば、それで終りだが、もし、T大側が、昌彦の電話を信じてくれれば――いや、少しでも可能性があると考え、試験場から受験生をいったん外に出して、教室内を調査してくれたら、今からでも、受験に間に合うのだ。

外へ出ると、すぐ、タクシーを拾い、T大へやってくれと頼んだ。

T大の正門前に着いたのは、九時三十二分だった。

「お客さん、何か知らないが、パトカーが何台も駐《と》ってますよ」

と、運転手が、眉《まゆ》をひそめて、昌彦を見た。

運転手のいう通り、校内に、数台のパトカーが見えた。

（あの電話の効果があったんだ）

と、思うと、昌彦は、自然に、顔がほころんでしまった。

タクシーの運転手は、ニヤニヤ笑っている昌彦を、うす気味悪そうに見ていたが、彼が料金を払うと、そそくさと、アクセルを踏み、車を走らせて行った。

昌彦は、校門から中に入った。

試験場の方へ歩いて行くと、案の定、受験生たちが、外へ出されていた。

昌彦は、自分の入る試験場のところへ行き、受験生の中にまぎれ込んだ。

試験場の中を、制服姿の警官や、T大の職員が歩き廻っているのが見えた。恐らく、「時限爆弾」を探しているのだ。

受験生たちが、建物に近づこうとすると、警官が、

「危険だから、退がって！」

と、怖い顔で叫んだ。

受験生たちは、不安と好奇心の入り混った顔で、試験場を見つめている。

「人騒がせだな」

と、誰かが、いらいらした声でいった。

「爆弾なんか、あるものか」

「いや。過激派がやったのかも知れない。彼等は、T大を潰《つぶ》すのが目的だからね」

「爆発したら、どうするんだろうな？　他の試験場でやるのかな」

さまざまな声がする一方で、試験場に背を向け、このひまに、英単語を、もう一度、暗記しようとしている受験生もいる。

全ての試験場が、隅から隅まで調べられた。

ハンドマイクを持った係員が、

「安全が確認されましたから、皆さん、試験場へ入って下さい」

と、受験生にアナウンスしたのは、およそ一時間たってからである。

昌彦も、もちろん、他の受験生と一緒に、試験場に入り、自分の受験番号の書いてある机に腰を下した。電話作戦は、まんまと成功したのだ。

野球でも、ファウル・フライを打ちあげて、しまったと思っていると、それを相手の野手が落球してくれ、気をよくしてヒットを飛ばすことがあるらしい。

昌彦も、いったん諦めかけた試験を受けられたことに気をよくしたせいだろう。自分でも驚くほど、日頃の実力を発揮することが出来た。

## 3

前の二回のときは、自信がなく、合格発表を見に行くのが怖かった。結局、二回とも落ちていたわけだが、今度は、自信があった。

「多分、大丈夫だよ」

と、昌彦は、その日、マンションに帰ってから、名古屋の両親に、電話で報告した。

夕刊には、T大の爆弾騒ぎが、大きくのった。

〈T大受験で、爆弾騒動〉

〈犯人は、T大に恨みを持つ男か？〉

〈受験生五千五百人が、一時間にわたって避難〉

そんな文字が、新聞の社会面を賑わせた。

テレビのニュースでも、パトカーが駆けつけた騒ぎを、映し出した。

昌彦は、ビールを飲みながら、テレビのニュースを楽しんだ。恐らく、この事件は、犯人がわからないままに、終ってしまうだろう。昌彦は、電話を逆探知されるほど、長くはかけなかったし、警察は、今日の入学試験を受けなかった人間の中に犯人がいると考えているだろう。だから、今日受験した昌彦は、絶対安全なのだ。

昌彦の予想どおり、警察が、彼を訪ねてくることもなかったし、犯人が見つかりそうだという記事ものらないうちに、合格者発表の日がやって来た。

春らしい、生あたたかい小雨が降る日だった。

T大の合格者は、新聞や週刊誌にのるし、テレビでも報道されるので、昌彦が、校門を入った時には、テレビ中継車が、二台も来ていた。

昌彦は、掲示板を見上げた。

右から左へ、見ていく。

（あった！）

と、思わず、小さく叫んでいた。今度は自信があった。といっても、二浪しているので、やはり、自分の番号と名前を見つけるまでは、不安だった。

何となく、涙があふれて来て、眼の前がよく見えなくなった。

それが、照れくさくて、昌彦は、掲示板の傍を離れて、校門の方へ歩き出した。自然に、足どりが軽くなってくるのは仕方がない。

どこか、公衆電話があったら、名古屋の両親に報告したいと思ったが、電話は、みんな、合格した受験生に占領されていた。

（マンションに帰って、両親に電話しよう）

と、考えて、校門を出たとき、ふいに、背後から、肩を叩かれた。

「え？」

という感じで振り向くと、無精ひげを生やした男が、立っていた。

ジャンパーに、Gパン、それにスニーカーという恰好《かっこう》だが、どれもくたびれていて、さえない服装だった。

年齢は、二十二、三歳というところだろうか。

昌彦の知らない男だった。

「君の名前は、確か、木村君だったね。受験番号は、一三〇九番だ」

と、男は、確認するようにいった。

「ええ、そうです」

昌彦が、丁寧に肯いたのは、ひょっとすると、この男は、T大の在校生かも知れないと思ったからである。

「僕の名前は、佐藤幸一郎《さとうこういちろう》だ」

と、相手は、勝手に名乗った。

「どうやら、君は、合格したらしいね。おめでとう」

「ありがとうございます」

「僕は、残念ながら落ちてしまった。これで、五浪だ。T大以外は、行きたくないんでね」

佐藤幸一郎は、ぼそぼそした声でいった。

(在校生でなくて、受験生だったのか)

と、思いながら、昌彦は、相手の用件がわからず、もう一度、

「どんなご用ですか?」

と、きいた。

「ここでは何だから、近くの喫茶店にでも入らないかね?」

「しかし、僕は、急いでいるもんですから」

「なるほど。両親や友人に、T大合格を知らせるというわけだね」

「そういうわけじゃありませんが——」

「いいさ。合格したら、一刻も早く知らせたいと思うのが人情だからな。ただ、僕の

方の用件も、急いでいるんだ」

「早く用件をいってくれませんか？」

昌彦は、当惑した顔で、相手を見つめた。

「僕は、今もいったように、今回も落ちた。また一年間、T大を目ざして、受験勉強をしなければならない」

「それが、僕と、どういう関係があるんですか？」

「君も知っているだろうが、受験勉強というやつは、なかなか、金のかかるものでね。五浪ともなると、親に面倒をかけるわけにもいかなくてね。その分を、君に出して貰いたいんだ。一か月十万円でいい。来年の受験までだから、百二十万円だ」

4

昌彦は、思わず、笑い出した。

佐藤という男の話が、あまりにも、とっぴだったからである。

「ええと――？」

「佐藤だ。佐藤幸一郎だ。年齢は二十三歳」

「ねえ。佐藤さん。なぜ、僕が、あなたの生活費を出さなきゃいけないんです？　僕が合格して、あなたが落ちたからですか？」

「それもある」

「そんな無茶な。第一、僕は、学生なんだから、他人の生活費なんか出せませんよ」

「両親に出させるんだな」

「そんな馬鹿な。あなたの面倒をみなきゃならん理由はない」

昌彦は、腹が立ってきて、佐藤に背を向けて、立ち去ろうとすると、相手は、昌彦の腕をつかんで、

「知っているんだ」

と、低い声でいった。

昌彦は、相手の腕を振り払うようにして、

「知ってるって？」

「もちろん、例の事件のことさ。受験の日の爆弾騒ぎのことだよ。あれは、君がやったんだ」

「――――」

昌彦は、一瞬、言葉を失って、呆然《ぼうぜん》と、佐藤を見つめた。

佐藤は、自分の言葉の効果に満足したように、ニヤリと笑い、無精ひげをなぜている。

「何のことかわからないな」

と、昌彦は、辛うじて、反撥《はんぱつ》した。

「わかっているはずだよ。君がやったことだから、よくわかっているんじゃないかい？　時限爆弾を仕掛けたと脅迫電話をかけると、どのくらいの罪になるのかねえ。単なる罰金刑じゃすまないんじゃないかな」

「何のことだ？」

「例の爆弾騒ぎのことだよ。一時間も、試験場から外へ出されていたじゃないか？　覚えていないのかい！」

「あの事件なら、もちろん覚えているさ。だが、それと僕が関係しているというのがわからないね。僕だって、あの時は、被害者だったんだ」

「ここで話していいのかな？」

佐藤は、周囲を見回した。

合格した連中だろうか、五、六人のグループが、はしゃぎながら、二人の横を通り過ぎて行く。

新しく、また一台のテレビ局の中継車が入って来た。

「喫茶店へ行こう」

と、昌彦がいった。

二人は、T大の近くにある喫茶店に入った。奥のテーブルに腰を下し、コーヒーを注文してから、佐藤は、ごそごそと、セブンスターを取り出して火をつけた。

「パチンコでとったんだ。五浪もしていると、パチンコと麻雀《マージャン》ばかり上手《うま》くなってねえ」

佐藤は、また、無精ひげの生えている顎《あご》のあたりを、なぜた。そんな貧乏たらしい喋《しゃべ》り方や、動作に、昌彦の方は、次第に、いらいらしてきて、

「早く、いいたいことをいってくれないか」

と、とがった声を出した。

「その前に、まず、コーヒーを飲ませてくれよ」

と、佐藤がいい、運ばれてきたコーヒーに、砂糖を、だぶだぶ入れてから、美味《うま》そうに飲んだ。

昌彦は、飲む気になれず、そのままにしていると、佐藤は、「飲まないのか？」と、きき、昌彦が肯くと、無遠慮に、自分の方へ持って行き、また、たっぷりと砂糖を投げ入れた。

「あの日だがねえ」

と、佐藤は、コーヒーを口に運びながら、窺《うかが》うように、昌彦を見た。

「僕は、八時三十分に着いて、試験場の下調べをした」

佐藤は、そういって、また、ちらりと、昌彦を見た。

「それで？」

「九時の試験開始間際になって、突然、僕たち受験生は、外へ出されてしまった。教室に、時限爆弾を仕掛けたという電話があり、それを調査するんだというんだ。ひどいことをする奴がいるなと、僕は思ったよ。一年間、血の滲《にじ》むような受験勉強をしてきた受験生にとっては、いい迷惑だからね。君だって、そう思うだろう？」

「ああ」

「パトカーが何台もやって来たが、調査の方は、なかなか、終らないんだ。それで、僕は、校門の方へ歩いて行った。そこで、君を見たんだよ」

「――――」

「校門の外にタクシーが止まって、君がおりて来たんだ。その時、なぜか君は、ニヤニヤ笑っていた。僕は、ああ、遅刻してしまったけど、試験開始がおくれているんで、喜んでいるんだなと思った。他に考えられなかったからね。おくれて来た君は、T大で何が起きたか知らないはずだ。それが、当然だろう。だから、君は、近くにいる受験生なり、T大の人間に、何が起きたかをきくだろうと思った。僕が、教えてやってもいいと思っていたんだ。ところが、君は、近くにいた人間に、何も質問せず、どんどん、第二〇六番教室の方へ歩いて行く。僕も、その教室が試験場なので、君のうしろから歩いて行った」

「覚えていないね」

「そんなことは、どうでもいい。問題なのは第二〇六番教室の前へ来ても、君は、そこにいる受験生たちに、何もきこうとしなかったことだ。これは、全く不可解な態度じゃないかね？　遅れて来た受験生なら、当然、しなければならない質問を、君は、全くしなかった。僕は、頭をひねったね。そして、結論を下した。君は、何が起きたか、すでに知っていたんだとね。しかし、遅れて、タクシーで駆けつけた君が、何が起きたか知っているはずがない。だが、知っていた。となると、どうなるんだろう？」

「知らないね」

「こういうことになるんだ。試験場に、時限爆弾を仕掛けたと電話した男は、誰でもない。君なんだとね」

佐藤は、ずばりといい、また、窺うように、昌彦を見た。

昌彦は、顔から、血の気が引いていくのを感じた。この男は、無精ひげなんか生やしていて、一見、ひどく鈍感のようだが、どうして、どうして、鋭い感覚を持っている。

昌彦は、辛うじて、立ち直ると、

「馬鹿なことはいわないでくれ」

といい返した。佐藤は笑っただけである。

「そんな風に、ムキになるのは、まずいねえ。自分がやったと自供しているようなものだ。全く君が無関係なら、ポカンとするものだろう。それが、正常な反応というものだよ。ところが、君は、僕の指摘に対して、顔色を変え、ムキになって否定した。まずかったねえ。自分で、おれがやったといっているようなものだ」

佐藤は、妙にゆっくりした口調でいう。それが余計に、昌彦の神経をいらだたせた。

自然に、昌彦は、声を荒らげて、

「僕がやったという証拠でもあるのか？」

と、きいた。

「状況証拠はあるよ。僕が証人だ。受験の日の君の不可解な行動を、僕が証言すれば、多分、警察は興味を持つと思うねえ。それに、君を乗せて来たタクシーの運転手だ。僕は、これで、なかなか暗記力がよくてね。あの時のタクシーのナンバーを覚えているんだ。恐らく、あのタクシーの運転手が、君が受験におくれたことを証言してくれるだろう。そうすると、間接的に、僕の証言の確かさが証明されることになる。君の乗って来たタクシーは、ニッサン・ブルーバードで、会社は、太陽交通。ナンバーは――だ。運転手は四十五、六歳で、頭は禿《は》げかかっていた」

佐藤は、すらすらといった。

昌彦には、彼のいった車のナンバーが正しいかどうかわからなかった。何しろ、あの時は、タクシーのナンバーを見るどころではなかったからである。だが、運転手の感じは、佐藤のいう通りだった。年齢は四十五、六歳だったし、頭が禿げていた。従って、ナンバーも正確である確率が高いのだ。

「しかし、だからといって、なぜ、僕が君に金を払わなきゃならないんだ？」

「やっと、脅迫電話をかけたことを認めたね？」

「認めてはいない」

「いいんだよ。なかなかのアイデアだと、僕は感心しているんだ。試験場の開始をおくらせるには、ちょっと他に方法は思いつかないからな。僕が、君の立場だったら、同じことをやったかも知れない。いや、僕には出来ないかも知れん。それだけの勇気がないからね。だから、一層、君の行動力に感心しているんだよ」

「それなのに、金をよこせというのは、おかしいじゃないか？」

「僕が合格していたら、そんな要求をしないさ。それどころか、君の知恵と行動力に乾杯しているだろう。嘘じゃない。僕は、悪人というやつに、大いに魅力を感じるんだ。ただ、残念なことに、僕は、入試に落ちてしまった」

「それが、僕の責任だというのか？」

「気勢をそがれたんだよ。今度こそと勢い込んで、試験の開始を待っていたら、突然、爆弾騒ぎが起きて、試験場から追い出されたんだ。僕はむさくるしい恰好をしているが、非常にデリケートな人間でねえ。あの騒ぎで、神経が参ってしまったことは事実なんだ。だから、犯人である君に対して、その弁償を求めるのは、当然の権利じゃないかね？　しかも、犯人の君は、合格しているんだから」

佐藤は、理屈にならない理屈を並べ立てた。少なくとも、昌彦から見れば、無茶な要求だった。

「僕が、君のいう通りに電話した人間だとしても、入試に落ちたのは、君自身の責任だよ。なぜ、僕が、君の生活費を払わなきゃならないんだ？」

「それは、何度もいうが、君が犯人だからさ。それだけで十分だ」

「警察が逮捕できるような証拠はないぞ」

「別に警察へ君を突き出す必要はないさ。君も、浪人の経験があるようだから、わかると思うが、受験生というのはね。入試に落ちた時、どんな些細《ささい》なことでも、落ちた理由にしたがるものさ。あの爆弾騒ぎの犯人が君で、しかも、当人は合格していると、落ちた連中に知らせたら、どういうことになるだろうねえ。君が、T大に通えなくなることだけは確かだよ」

「僕を脅《おど》すのか？」

「かも知れないな。いや、脅かしているんだ。どうするね？」

「僕が否定したら？」

「君は、僕との会話の中で、犯人だと認めるようなことを口にしてしまっているよ」

佐藤は、おもむろに、ジャンパーのポケットから、小型のテープレコーダーを取り出した。

「受験勉強に利用しているんだよ。質流れで買ったんで、君との会話が上手く入っているといいんだが」

5

結局、昌彦は、佐藤の要求を呑《の》んだ。

警察に通告されても、絶対的な証拠はないのだという気はした。だが、佐藤という男には、何をするかわからない怖さを感じたのだ。

T大に落ちた人間に、昌彦のことを知らせると、佐藤はいった。そのくらいのことは、やりかねない不気味さが、この男にはあった。

何よりも、昌彦が怖かったのは、やっと、念願かなって入ったT大から振り落とされることだった。変な噂《うわさ》が立って、退学処分にでもなったら、両親にも、友人にも、合わせる顔がない。

それを考えると、昌彦は、佐藤の要求を呑むより仕方がなかった。

「一年間限りというのは、確かだろうね？」

と、昌彦は、念を押した。

「誓ってもいいよ。僕だって、すこしでも早く、浪人生活の足を洗って、大学に入りたいんだ。この五年間、生活費をかせぐ方に労力を取られて、勉強もままならなかった。今度は、一年間、君が生活費の面倒をみてくれるんだから、安心して、勉強が出来る。絶対に、来年は、T大に合格してみせるよ」

「そうしてくれないと、僕も困る」

「来年、T大に入ると、君の後輩になるんだな」

佐藤は、そういい、楽しそうに、笑い出した。が、昌彦は、ニコリともしなかった。

昌彦が、T大に合格したことに、名古屋の両親は、文字どおり狂喜してくれた。さっそく上京してくると、いろいろと、金がいるだろうと、百万円の預金通帳を渡してくれたのは、母の弓子だった。名義は、昌彦になっていて、キャッシュ・カードがついていた。つまり、同系の銀行なら、どこでもおろせるようになっているということである。

「これは、お父さんからのプレゼントよ」

と、弓子はいったが、あとから、父が、半分は、母のお金だと教えてくれた。若い継母は、父と共働きをしている。

両親が帰った次の日だった。

一通の手紙が、マンションの郵便箱に入っていた。

右あがりの癖のある字で、「木村昌彦様」と書いてある。

差出人の名前を見て、昌彦は、眉をひそめた。そこに、「佐藤幸一郎」とあったからである。

安物の封筒だった。

中の便箋《びんせん》も、ふちのところが黄ばんでいる。買ってから、長いこと、使わずにいたのかも知れない。

(あいつには、ガール・フレンドなんかいないだろう)

だから、ラブ・レターを書くこともなかったに違いない。この便箋だって、一年も、二年も前に買ったのだろう。

そんなことを考えながら、昌彦は、便箋を広げた。

〈T大入学おめでとう。

この言葉を、僕は、人からいわれたくて五年間努力して来たのに、他人に対していわなければならないのは、皮肉なものだ。君のマンションを拝見した。なかなかいいマンションじゃないか。君のご両親の君に対する期待がわかって、羨《うらや》ましい限りだ。僕にも、金持ちの両親がいて、マンションの静かな一室を与えてくれていたら、五浪もせずに、T大に入れていたろう。

さて、今月の生活費のことだが、至急、送って欲しい。

銀行振込みなら、M銀行代田橋支店の佐藤幸一郎名義の普通預金だ。

念のために書いておくが、この口座には、あと六百円しか残っていない。早く送金してくれないと、僕は餓死することになるが、その前に、警察に君のことを話してしまうだろう。

期待しているよ。

今日は、ラーメンを一杯しか食べていない〉

なんと、しめっぽい脅迫状だろう。まるで哀願だ。だが、それが、かえって、昌彦には怖かった。

昌彦は、腕時計を見た。その腕時計も、入学祝いに、父親が買ってくれたものだった。国産品を持っているからというのに、わざわざ、十三万円もするロンジンを買ってくれたのである。

まだ、銀行が開いている時間だった。

昌彦は、キャッシュ・カードで、十万円をおろし、それを、佐藤が指示して来た相手の口座に振り込んだ。至急にして欲しいというと、手数料として、五百円とられた。そんなことも、昌彦を、いらだたせた。なぜ、こんなことまでして、赤の他人の佐藤に、一か月十万円の生活費を送ってやらなければならないのか。

それでも、送金が終って、マンションへ帰って来ると、やはり、ほっとした。これで、四月一杯は、佐藤のことを考えずにすむからだった。

T大生としての生活は、快適だった。何よりも、もうあの受験勉強をしなくてもいいことが有難かった。受験勉強をやっていた間は、人生が灰色に見えたものだが、今は、バラ色に近くなった。第一、T大生ということだけで、近所の人たちの見る眼が違ってきた。

(まあ、一か月、十万円ぐらいの支出は、がまんしなければならないな)

と、昌彦は、自分にいい聞かせた。

五月も、一度だけ、佐藤が、さいそくして来て、昌彦は、十万円を、彼の口座に振り込んだ。

毎月十万円の支出は、何んとしても、しゃくに障るが、佐藤の方も、それ以外には、何も要求して来なかった。

それが、六月になって、おかしくなった。

五日に、十万円を送ったにも拘らず、六月十五日になると、電話が掛って来た。

「申しわけないんだが、あと十万円送って欲しいんだがね」

と、佐藤がいった。申しわけないといいながら、妙に押しつけがましいいい方だった。

「何で、余分に十万円も必要なんだ？」

昌彦が、とがった声できくと、

「旅行がしたいんだ。六畳一間の狭い部屋にいると、気が滅入ってしまってねえ。このままだと、勉強に身が入らない。だから、気分転換をしたいんだ。そうして、また、新たな気分で勉強をしたいと思ってね。君だって、僕が、来年、またT大に落ちたら困るだろう？」

「なぜ困るんだ？」

「来年も、君に生活費を出して貰いたくなるかも知れないからだよ」

「何だと！」

昌彦が怒鳴ると、佐藤は電話の向うで、

「いや、そうなったらといっているだけだよ。僕だって、来年は、T大に入りたいからね。そのためにも、気分転換が必要なんだ。いらいらしてくると、全てを警察に話してしまおうかという気になってくるんだよ」

と、いった。佐藤は、脅しているのだ。

昌彦は、結局、余分の十万円を、佐藤に送った。

七月になると、佐藤の要求が、ますますエスカレートして来た。

暑くてたまらないから、アパートの部屋にクーラーを入れたいといって来た。その代金十五万円を、生活費の十万円の他に送れといって来た。

それがすむと、今度は、予備校の仲間と、沖縄に行くことになったので、旅費が欲しいといって来た。

〈予備校の仲間も、夏の間に身体を鍛えておかなければ、受験戦争に勝てぬといっており、僕も大いに同感するところがあった。そのため、一週間沖縄に行き、向うで身体を鍛えながら、勉強したい。ついては、旅費その他の費用として、十六万円を至急、送って欲しい〉

ぬけぬけと、そんな手紙をよこした。

昌彦は、これも、我慢して、佐藤の口座に、十六万円を振り込んだ。

母の弓子がくれた百万円は、みるみる中に消えてなくなってしまった。父からは、毎月十万円を送金してくれていたが、それで足りるわけがなかった。

ロンジンの腕時計は、質屋に入ってしまったし、大学が夏休みに入ると、昌彦は、アルバイトを始めた。

（おれがアルバイトをしているのに、おれから金を貰っている佐藤が、沖縄の海で、のうのうと遊んでいるなんて、めちゃくちゃじゃないか！）

と、腹を立てながらのアルバイトだった。

ただ、T大生というだけで、有利な家庭教師のアルバイトがあった。子供を持つ母親が、家庭教師を雇う時、やはり、T大生をと希望するのだ。

そんな現実にぶつかると、昌彦は、一層、T大に入ってよかったと思い、佐藤なんかのために、それを棒に振ってたまるかという気になった。

八月、九月となるにつれて、佐藤の態度は、いよいよ図々しくなり、明らかに、遊興費と思われる金まで要求してきた。

それを、かくそうともしなくなった。

〈たまには、女遊びをして、発散させなければ、勉強に身が入らず――〉

などと、平気で書いてくるのだ。

八月は三十万、九月になると、実に、五十万もの金を、佐藤にとられた。

父には、嘘をついて、臨時に金を送って貰い、それを、佐藤に送ったりもした。

十月になると、昌彦は、我慢の限界に達した。彼自身が生活していく金に困り始めたのだ。両親には、これ以上金の無心は出来なかったし、質屋に持っていく品物もなくなってしまった。

学校が始まっては、そうアルバイトもしていられない。

T大をやめる気にさえなれば、佐藤の脅迫は怖くはないのだが、二浪の末にやっと入ったT大をやめる気にはなれなかった。第一、T大を出れば、将来を約束されるのだ。だから、T大をやめることは、将来を捨てることにもなると、昌彦は思った。

となれば、もう、佐藤を殺すよりなかった。

十月上旬の夜おそく、昌彦は、ジャック・ナイフを買い求め、それをポケットに入れて、佐藤のアパートを訪ねた。

佐藤は、部屋にいた。

六畳の狭い部屋に、真新しいクーラーや、カラーTV、冷蔵庫などが置いてある。どれも、昌彦の金で買ったものだった。

佐藤は、昌彦の顔を見ると、封をし、五十円切手を貼《は》った封筒を、ニッコリ笑って、昌彦に見せた。

いつもの封筒だった。また、理由をつけて、昌彦から、金をむしりとるつもりなのだろう。

「これを、明朝になったら、出そうと思っていたんだ。持って行ってくれるかね？」

と、佐藤が、笑いながらいった。

「ああ、持って行くとも」

昌彦は、その手紙を受け取って、ポケットに入れ、代りに、ジャック・ナイフを取り出した。

佐藤が、また、机に向って便箋を広げ、万年筆を構えた。

その背中に向って、思いっきり、ナイフを突き刺した。

二度、三度と、今までの積りに積った怒りをぶつけるように、ナイフで刺した。

佐藤の身体が、床に転がり、そのまま動かなくなった。昌彦は、ナイフを抜き取って、ポケットにしまうと、部屋についた指紋を拭き取って外へ出た。

昌彦は、マンションに戻ると、ポケットから、佐藤の書いた手紙を取り出した。

とにかく、こんなものは、すぐ焼き捨てなければならない。灰皿を持って来て、ライターに火をつけた、が急に、どんな理屈をつけて、新しい金の無心をしたのか知りたくなって、封を切った。

〈僕は駄目になってしまった。

君から、金を貰い、それで生活し、遊んでいるうちに、そんな生活に慣れてしまったんだ。

勉強する意欲もなくなってしまった。あわてて、元の自分に戻ろうとしたが、もう駄目なんだ。安易さに慣れてしまったからだ。

僕は、気が弱いんだ。立ち直る気力がない。このままでいけば、来年T大に入れる可能性はゼロだ。

自分が嫌になった。だから、自殺する。僕みたいな人間にとっては、立ち直るより、自分の生命を絶つ方が、楽だからだよ。この手紙が着く頃、僕は自殺しているだろう。

これからは、安心して勉強したまえ、もう無心の手紙は行かないはずだから〉

# 第二の標的《セカンド・ターゲット》

# 1

新宿から西へ延びるN電鉄の終電車は、午前〇時四十五分に、新宿を出る。

この電車は、いつも満員である。

乗客の顔ぶれは、いつも似ている。

酔っ払ったサラリーマン。香水の香りをまき散らすホステス。疲れた顔で麻雀の話をしている若者は、時間になって、雀荘を追い出されたのだろう。

新宿を出る時は満員でも、一駅ごとに乗客は減っていく。

終電だけに、途中から乗る客はいないから、路線の中ほどまでくると、もう車内は、がらがらだった。

終電が、妙にわびしく見えてくるのは、この辺りからである。

酔っ払いが、げえげえと床に吐く。まさに、戦いすんで日が暮れての感じがする。

他の乗客も、眼を閉じて舟を漕《こ》いでいて、気にもかけない。

その日も、N電鉄の終電の中は、同じようなものだった。

終点のK駅に着く頃には、六輛《りょう》連結のどの車輛にも、数人の乗客しかいなかった。

電車がホームに入ると、酔っ払いは、何か怒鳴りながら立ち上り、眠っていたサラリーマンは、眼をこすりながら、降りる準備をする。

ドアが開くと、ぞろぞろと降りていくが、車内で、いっこうに起きない乗客もいるし、ホームでまたぶっ倒れてしまう乗客もいる。それを起こしたり、介抱したりするのも、車掌や駅員の仕事である。

車掌の鈴木《すずき》はいつものように、最後尾の車輛から見ていった。

酔っ払いが吐いたところには、ひとまず新聞をかぶせていく。

(今日は、どうやら、寝込んでしまった客はいないらしい)

と、思いながら先頭の箱まで歩いて行った。が、

(やはり、いた)

鈴木は、がっかりしたような、ほっとしたような、妙な気分で、新聞を顔にかぶって動かない客の傍へ近づいていった。

(酔っていると、手こずるな)

と、思いながら声をかけようとして、鈴木は、急に足を止めた。眼鏡の奥の眼が、これ以上開かれないというように大きく見開かれている。大きく広げた新聞紙の真ん中に、突き刺さったナイフの柄が見えたからだ。

首を強く振ってみた。が、ナイフの柄は、いっこうに消えてくれない。それどころ

か、新聞が、見る見る、赤く染まっていくのだ。

サラリーマン風のその男の両足の間に、ふいに、ぼたぼたと血が落ちはじめた。

血に染まった新聞が、その重味に耐えかねたように、ばさッと上半分が折れて、真っ青な男の顔が剝《む》き出しになった。

すでに、それは死人の顔だった。

## 2

死体は、電車の床に横たえられた。

流れ出た血は、座席のビロードを赤く染め、床の板を、赤黒く汚している。その血は、急速に乾きつつあった。

四十歳前後の男だった。紺色の背広の襟には、誇らしげに、銀色の会社のバッジがついている。だが、死んでしまった今となっては、何の価値もあるまい。

十津川《とつかわ》刑事は、死体の傍にしゃがみ込み、背広のポケットを探った。

一万六千円入りの革財布と、定期入れが見つかった。

新宿乗りかえで、地下鉄大手町《おおてまち》までの定期で、太陽物産社員の身分証明書が入っていた。

太陽物産は、中堅クラスの商事会社である。

そこにあった男の名前は、坂西宏《さかにしひろし》。年齢は三十八歳になっている。

現住所は、このK駅から三〇〇メートルほど北の公団住宅だった。

「すぐ家族に知らせてやってくれ」

と、十津川は、同行した若い刑事の一人に、定期入れを渡した。

「新聞で返り血を防いで、ぐさりというわけか」

と、同僚の宮本《みやもと》刑事が、十津川に向って、舌打ちして見せた。

宮本は、めったに笑わない男である。陽焼けした黒い顔には、いつも深い縦じわが寄っている。だから、綽名《あだな》が、しぶうちわ。しかし十津川にとっては、かけがえのない相棒である。

「それは、犯人が、殺しに慣れているということかい？」

「そうはいっていない。ただ、要領のいいやつだとはいえるな。こういう殺しは、特に好きになれんね。多分、犯人は、上手くやったと笑っているだろうからね」

宮本刑事は、また、口をへの字に曲げた。

「まだですか？」

と、駅長が、車内に入って来て、十津川たちにいった。

「この車輌を早く車庫へ入れて、点検をしたいんですがね。死体を、外へ運び出して構いませんか？」

「もう少し待って下さい」

鑑識が写真を撮り終るのを待って、死体は、ホームに運び出された。

被害者の細君が、若い刑事に連れられて駆けつけたのは、その直後だった。

「坂西孝子《たかこ》さんです」

と、その刑事が、十津川にささやいた。

孝子は、呆然として、死体を見下していたが、そのうちに、ホームに膝《ひざ》をついて、激しく嗚咽《おえつ》しはじめた。年齢は三十五、六歳で、平凡な感じのする細君だった。

十津川は、間を置いて、彼女に声をかけた。

「お悲しみのところをなんですが、犯人逮捕のために、協力していただきたいのです。ご主人に間違いありませんね？」

十津川は、口ごもったような調子できいた。こんな時の質問は、いつになってもぎごちなくしか出来ない。

「ええ。主人です。誰が、主人を？」

泣きはらした眼で、坂西孝子は、十津川を見た。

向い合ってみると、遠くで見たときよりも、大柄な女性だった。

「ご主人は、いつも、こんなに遅くお帰りなんですか？」

「ここ半月ばかりは、毎日、終電車で帰って来てました」

「仕事で？」

「ええ、主人は、そういっていました。半月前に、新しい仕事になって、それがとても忙しいと」

「どんな仕事か、ご主人は、あなたに話しましたか」

「いいえ。主人は、仕事のことは、あまり話さない方でしたから」

「ご主人が殺されるようなことに、何か心当りはありませんか？」

「主人は、人に恨まれるような性格じゃありません。他人と喧嘩《けんか》をしたこともありませんし、他人の悪口をいったこともない人なんです」

坂西孝子は、首を横にふり続けた。まるで、自分の大事なものが、十津川によって汚されてはならないとでもいうような、必死な否定の仕方だった。

また、死体が眼の前にある際だから、質問も、そう突っ込んだものは出来ない。

彼女を、いったん帰したあと宮本刑事は、

「どんな夫婦生活をしてたか、簡単に想像できるような女だな」

と、十津川にいった。

「どんなだい？」

「典型的なサラリーマン夫婦さ。夫は、真面目な中堅社員で、仕事第一の男だ。バーやゴルフぐらいは行くだろうが、浮気なんてものは出来はしない。細君の方も、子供の成長だけが楽しみで、悪いことなんか出来ない女だ。面白味のない女なのを、自分では、貞淑と思い違いをしている。単調だが、一見破綻《はたん》のない家庭生活だ。夫婦のあれも、週一回ぐらいで、妻は不満でないこともないが、それを口にしたりはしない。貯金も、まあまあの額があって、いつかは、公団住宅を出て、一戸建の住宅に入りたいと思っている」

「面白い解説だがねえ」と、十津川は、笑った。

「それじゃあ、事件なんか起こりそうもないが、仏さんは、殺されたんだぜ。殺されるだけの理由を持っていたということだよ」

「おれのいいたいのは、どんなに退屈な生活だったかわからないがさ、殺《やら》れる理由は、家庭内にあったんじゃなくて、外にあったんじゃないかということさ」

宮本刑事は、怒ったような声でいった。

3

宮本刑事の言葉は、外見的には当っていたようである。

殺された坂西宏と、妻の孝子は、十一年前に結婚していた。

典型的な職場結婚である。結婚後三年間は共働きをしたが、長男が生れると、孝子は家庭に入った。現在、八歳になる男の子と、五歳の女の子がいる。近所の評判では、まあ円満な夫婦だった。

「君のいう通りだったな」

と、十津川は、宮本刑事にいった。

二人は動機を求めて、翌日、被害者が働いていた太陽物産に足を運んだ。

上司の管理部長に会った。

髪に白いものが見える初老の管理部長は、明らかに、部下の死と、警察の訪問を迷惑がっていた。

「社内に原因があるとは思えませんな。何というんですか、流しの犯行なんじゃないですか？　金めあての」

「違いますね。金も、腕時計も、盗られてはいませんよ」

宮本刑事は、相変らず、しかめ面をしていった。

「しかし、いくら考えても、坂西君が殺されるような心当りはありませんからねえ。まじめな社員で、誰からも好かれていましたからな」

「半月前に、新しい仕事についたそうですね」

と、十津川が、部長を見た。

「ええ。新しい仕事をやって貰っていました」

「その仕事が忙しくて、毎日、終電車で帰宅していたと聞きましたが？」

「まあ、忙しかったかも知れませんね。しかし、仕事のために殺されたとは、とうてい思えませんよ」

「どんな仕事を、坂西さんはやっていたんですか？」

「まあ、経理の仕事です」

「会計の仕事ですね？」

「ええ」

「今は、決算期じゃないと思うんですが、なぜ、坂西さんは、毎日、そんなに忙しかったんですか？」

「いろいろと、ありますからねえ」

どうも、管理部長の答は、あいまいだった。やたらに、仕事が原因で殺されたと思えないといいながら、その仕事の説明が、あいまいである。

（何かある）

と、十津川は、思った。

宮本刑事も、同じように感じたとみえて、

「坂西さんが、ここ半月間やっていた仕事の内容を、くわしく説明していただきたいですな」

と、眉を寄せた。

「それが、実は臨時の仕事でしてね」

「構いませんよ。話して下さい」

「しかし、坂西君が殺されたことと、関係がないと思いますがねえ」

部長は、あくまでも、あいまいなままに逃げようとする。そうすれば、かえって疑惑を増すだけなのがわからないらしい。

十津川は、咳払《せきばら》いをしてから、

「話していただけないと、こちらとしても、いやな手段に出ざるを得なくなりますがね」

と、相手を脅した。

管理部長は、案の定、顔色を変えて、

「どうするとおっしゃるんですか？」

「ただ、あなたに、署まで来ていただくことになるだけのことです。太陽物産の社員が殺されたということで、新聞記者も来るでしょうな。そこで、証言していただくことになるだけのことです」

「それは困る」

「じゃあ、話して下さい」

「秘密は守っていただけますか。会社の恥になることで、内聞にしておきたいので」

そんな断わりをいってから、管理部長が話してくれたことは、次のようなものだった。

管理部会計課の仕事は、太陽物産で使う車や、事務用品を購入することである。大きな会社だから、事務用品といっても、年額にして三千万円を超す。また、車は、現在三十二台で、二年ごとに新車に買いかえる。

最近になって、会計課長が不正をしているらしいという噂が流れはじめた。業者となれ合いの不正である。会計課長は、五十歳のベテラン社員で、すでに十年間も、会計の仕事をしていたから、帳簿を調べるとしても、十年前からの帳簿を当っていかなければならなかった。

その仕事を命ぜられたのが、被害者の坂西宏だった。なるべく早く、結論を出さなければということで、坂西は、毎日、遅くまで帳簿と格闘していた。帰りが終電車になっていたのは、そのためである。

## 4

「それで、不正は発見されたんですか？」

と、十津川がきいた。

管理部長は、小さな溜息《ためいき》をついてから、

「帳簿上に、合わない数字が出て来たことは事実です。単なるつけ落しでは通らん数字です。まだ、全部の帳簿を調べたわけじゃありませんが、会計課長が、不正を働いていたことは、もう疑いがありません。まことに残念ですが」

「その会計課長は、今、どうしているんですか？」

「今は、休職処分にしてあります。いずれ、懲戒解雇ということになるでしょうが」

「名前と、住所を聞かせていただけませんか？」

「新聞記者には、知られぬようにしていただけますね。もし、新聞や週刊誌に書き立てられたら、うちの会社にとって、大変なイメージダウンになりますから」

「新聞記者には話しませんよ」

と、十津川はいった。

現在、休職処分を受けている会計課長の名前は、田村晋太郎《たむらしんたろう》。住所は、中央線の三鷹《みたか》市内と聞いた。十津川刑事の眼が光った。

事件の起きたK駅から、三鷹駅までは、車で五、六分の距離だし、タクシーの便もあったからである。歩いても、一時間もあれば辿《たど》りつける距離だった。

「この田村晋太郎さんには、休職の理由を伝えてあるのかな？」

宮本刑事が、ぶっきら棒なきき方をした。

「はっきりとは、いいませんでしたが、あれだけ噂になっていたんですから、わからなかったことはないはずです。休職をいい渡したとき、田村君が理由を聞かなかったのが、その証拠だと思いますね」

「坂西さんが、帳簿を調査していたことは、どうですか？　田村さんは知っていましたかね」

「はっきりはわかりませんが、こういうことは、自然に耳に入りますからねえ」

と、管理部長は、いってから、あわてて、二人の刑事に向い、

「だからといって、田村君が、坂西君を殺したなんてことは、絶対にありませんよ。まさか、あなた方は、そんなことを考えていらっしゃるんじゃないでしょうな？」

「可能性があるものは、全部調査するのが、われわれの仕事でしてね」

と、宮本刑事がいった。

相変らず、無愛想なしゃべり方である。

二人の刑事は、その足で、三鷹へ廻ってみることにした。

「どうだい？　君の勘は？」

と、三鷹に向う電車の中で、十津川は、宮本刑事の意見を聞いた。

「わからんねえ」

「動機としては、弱い気もするがね」

「なぜ？」

「被害者は、個人的な恨みから、田村晋太郎のつけていた帳簿を調べていたわけじゃない。会社の命令でやっていたわけだろう。それを、田村が坂西を殺すというのは、ちょっとおかしい気もするんだがね」

「そりゃあ、理屈さ。だが、人間は、感情の動物だ。理屈で動かずに、感情で動く。だから、田村が、被害者を恨んだことだって、十分に考えられるね」

わからないといったが、宮本は、これから訪ねて行く田村という男を、有力容疑者と考えているようだった。

田村の家は、三鷹駅から、K駅寄りに二〇〇メートルほど歩いたところにあった。木造二階建だが、庭の狭い、小ぢんまりした家だった。

田村晋太郎の第一印象は、あまり良いとはいえなかった。もちろん、たいていの人間が、刑事の訪問を受けて嫌な顔をする。十津川にしても、笑顔で迎えられたという経験はあまりない。

だが、それにしても、田村は、陰気で、非協力的だった。

会社での不正問題については、第三者に話す必要はないといい、坂西宏は知っているが、自分とは関係がないと突っぱねた。

「しかし、坂西さんが、昨夜、終電車の中で、殺されたことは、ご存じでしょうね」

と、十津川は、辛抱強くきいた。

「ああ、ニュースで知りましたよ」

田村は、血色の悪い顔を天井に向けるようにして、ぼそぼそと答えた。小太りで、眼の落ちくぼんだ顔は、どうにも親しめなかった。

「殺されたのは、午前一時十五分頃と思われたんですがね。その時刻に、何をしていたかおっしゃっていただけませんか？」

「寝ていましたねえ」

「それを証明できる人間は」

宮本刑事が、怒ったような声できいた。

田村は、無精ひげの生えた顎に手をやりながら、

「いませんよ。ひとりで寝てたんだから」

「家族は？」

「私が休職処分を受けたもんだから、家内は、子供と一緒に福島に帰ってしまいましてね。今は、私ひとりですよ」

「本当に、坂西さんのことは、よく知らないといわれるんですか」

「そうですよ。あの人は、会計課の人間じゃありませんでしたからね」

「しかし、同じ管理部でしょう？」

「そりゃあ、そうですがねえ。わたしは、自分の課以外の人間には、興味がないから」

「N電鉄に乗ったことは？」

宮本刑事がきく。

十津川は、室内を見廻した。この応接間も、何となく安っぽい。調度品も安もので ある。不正といっても、金額は大したものではなく、多分、いじましく、十年にわた って、少しずつ、誤魔化していたのかも知れない。

訪問を終って、十津川たちは、外へ出た。

「ありゃあ、八割方クロだな」

と、宮本刑事は、舌打《したう》ちをして、

「だが、ああいうあいまいなアリバイほど、崩しにくい」

「問題は、目撃者だろう。昨夜、あの終電車に乗っていた人間が、田村も、同じ電車 に乗っていたと証言してくれれば、彼を逮捕できる」

と、十津川はいったが、目撃者捜しが、決して、楽な仕事でないことは、彼にもわ かっていた。

第一に、車掌が死体を発見したとき、終電車の客は、全部、おりてしまっていたことである。

第二は、終点のK駅から一つ手前のS駅まで、七〇〇メートルの距離しかなく、電車でわずか一、二分だということだった。犯人は、K駅でおりたのかも知れないし、一つ手前のS駅でおりたのかも知れないのである。

二人は、終電車の常連を捜すことから始めた。

幸い、K駅の改札係が、よく終電車に乗って帰る二人の男女を覚えていてくれた。

「一人は、新宿でホステスをやっている女の人ですよ。二十七、八かな」

と、二十代の駅員は、ニヤニヤ笑いながら、十津川と宮本刑事に話した。

「彼女が酔っ払って、改札口のところで倒れてしまったことがありましてね。僕が介抱したんです。次の日、僕に外国煙草をくれましたよ」

「名前を知ってるかね？」

「ええ。一度、店に遊びに来てくれっていわれたから友だちと行きましたよ。新宿の『ナイトゲーム』というバーです。そこで、ユキって名前で働いているんです。なかなか美人ですよ。でも、ちょっと気が強そうでね。僕は苦手だな」

「男の方は？」

「僕の高校の同級生ですよ。こいつも新宿のバーで働いてるんです。バーテンです。車を持っていて、車で通ってたんだけど、事故を起こして、免許を取りあげられてからは、終電車の常連になったんです。名前は、伊東功一《いとうこういち》。ちょっとおっちょこちょいだけど、いい奴ですよ」

「この方の店の名前は？」

「『マッハI』。経営者が、自動車気違いなんだそうですよ。でも、伊東が犯人だなんて、信じられないな」

「こっちだって、別に犯人とは思っていないよ。捜してるのは、目撃者の方なんだ」

二人の刑事は、その夜、新宿の盛り場で、二軒のバーを訪ねてみた。

最初に入った「マッハI」というバーでは、駅員のいった伊東功一というバーテンとは会えなかった。二日前から、店員全部が、保養に伊豆《いず》の温泉に出かけていたからである。

バー「ナイトゲーム」の方では、ユキというホステスに会うことが出来た。

眼の大きい、勝ち気な感じの女だった。話すとき、相手の眼をじっと見つめるくせがあるのは、自己主張が強いのだろう。

「まず、名前から聞かせてくれないかね」

と、カウンターに並んで腰を下し、十津川がいった。

「堀本美也子《ほりもとみやこ》。何か飲んでいいかしら？」

「あまり高いものは困るよ。何しろ、安月給でね」

と、十津川は、笑ってから、

「よく、N電鉄の終電車を利用するそうだね？」

「ええ。電車の方が、楽でいいわ。わたし、ベルモットね」

「昨日も、終電車を利用したのかね？」

「ええ。それで、今日の新聞を見て、びっくりしたの。あの終電車で、人が殺されたんですってね」

「六輛連結の先頭の車輛で、サラリーマンが殺されてね」

「あたし、先頭の車に乗ってたのよ」

「それは、ありがたいね。君が見たことを全部、話してくれないか」

「何を話したらいいの？」

「何でもいい、君は、新宿から乗ったわけだね？」

「ええ。いつも、途中から空いて来て、坐《すわ》れるのよ。昨日も、それだったわね」

「君の坐っていた場所は？」

「運転席に近い方だったわ」

「じゃあ、反対側だな。終点の駅に近づいた時、乗客の数はどのくらいだった？」

「そうね。あの車輛は、五、六人じゃなかったかな。あたしは、終点近くで眼をさましたのよ。そして、何となく見廻したら、パラッパラッとしかいなかったから」

「君が眼をさましたのは、S駅を過ぎてからかね？」

「そうねえ。ああ、S駅は通過してたわね」

「じゃあ、被害者は、もう殺されていたかも知れないね」

「ほんと？　もう一杯いただいていい？」

「どうぞ。思い出して欲しいんだ。君は、眼をさまして、周囲を見廻した。そうだね？」

「ええ。でも、意識して見廻したわけじゃないわ。もう一杯、ベルモットね。何となく、まわりを見るってことがあるじゃないの。あれよ」

「大きく広げた新聞紙で、顔を蔽《おお》っていた被害者に気がつかなかったかね？」

「覚えていないわ。ああもうじき終点だなって気持しかなかったから、注意して、車内を見なかったもの」

証人としたら、どうも頼りない証人だった。

「この男を見なかったかね？」

と、宮本刑事が、田村晋太郎の顔写真を、美也子の眼の前に突きつけた。

美也子は、その写真を、すかすように見てから、

「さえない中年男ねえ。この人が犯人なの？」

「というわけでもない。ただ、われわれとしても、昨日の終電車の中に、この男が乗

っていたかどうか、それを知りたいんだ。どうかね？　覚えていないかね？」

「さあ。いたかも知れないけど、覚えてないなあ。もっと若くて、スマートな男だったら、覚えてたかも知れないけどね」

美也子は、うふふと、笑った。

どうも、頼りない目撃者だった。

十津川と、宮本刑事は、何か思い出したことがあったら、電話してくれるように頼んで、その店を出た。

## 5

美也子は、終電車がK駅に着く頃、問題の車輛には、五、六人の乗客がいたといった。ということは、被害者と、美也子の他にも、まだ、乗客はいたということである。

事件は、終電車の殺人ということで、普通の殺人事件以上に、大きく新聞にのった。

十津川は、終電車の乗客が、新聞記事を見て、連絡して来て欲しいと思った。ひょっとして、犯人を目撃しているかも知れないからである。

だが、二日たち、三日たっても、捜査本部には、何の連絡もなかった。

「面倒に巻き込まれるのが嫌なのさ」

と、宮本刑事は、肩をすくめて、十津川にいった。

「しかし、このままじゃあ、動きが取れないな」

十津川は、舌打ちをした。

もちろん、被害者坂西宏の周辺は、念入りに捜査された。

調べていけばいくほど、坂西という男は、平凡で、きまじめな社員という印象が強くなっていった。

同僚は、まじめ過ぎて、面白味のない男だったといった。

「煙草は吸いますが、酒はやらないし、マージャンも競馬もだめでしたからね。ただ、仕事はよくやりましたよ。だから、上役には信用があったかも知れませんね」

と、同じ時期に係長になった同僚が、十津川に証言した。

その割りに、専門学校だけしか出ていないので、出世は遅れていた。その面でも、人の恨みを買うことはなかったようである。

家庭も、宮本刑事が想像したように、平穏だが、面白味に欠けていたようだった。惰性の夫婦といえるかも知れないが、結婚して十年以上もたてば、たいていがそんなものであろう。誰に聞いても、夫婦の間に、殺すような事態は起きていなかったという。

細君の孝子には、夫の坂西を殺さなければならない理由は、見当らない。

こう見てくると、やはり、残るのは、会計課長の田村晋太郎だけなのだ。

田村のことも、入念に調べられた。

九年前に、株で損をしたことがある。会計課長の地位を利用して、不正を働くようになったのは、それが原因だろうかと考えられる。

近所での評判は、あまりよくない。無愛想で、人づき合いがよくないと、誰もがいった。細君が、実家に帰っているというのは、事実だった。彼が、休職扱いになってから、夫婦の間に、いさかいが絶えなかったらしい。そんなことも、坂西に対する憎しみに拍車をかける原因になったかも知れない。

十津川と宮本刑事は、S駅とK駅の駅員にも、田村の写真を見せ、事件の日、彼が終電車からおりなかったかどうかと聞いてみた。

しかしどちらの駅の駅員も、田村のことを覚えていなかった。

だが、それだからといって、田村がシロとはいえないと、十津川は、思った。

人間の顔など、サングラスをかけるだけで、別人のように変ってしまうことがあるからである。両駅の改札係なり、他の駅員に記憶がないからといって、田村が、終電車に乗らなかったとは断定はできない。特に、S駅は小さな駅で、駅員はたった二人である。その上、駅の両側は空地になっているから、ホームから線路に飛びおりて姿を消すことも容易だった。犯人は、改札口を通らず、そうやって、逃げたかもしれないのである。

捜査本部全体の意見も、犯人は、田村晋太郎の線で、かたまりつつあった。

だが、目撃者が出てくれない限り、田村を逮捕することはできない。

「あの堀本美也子という女が、田村を見ていてくれたらねえ」

と、十津川は、何度も、舌打ちをしたが、事件から五日目の午後、その美也子から、捜査本部に電話がかかって来た。

「すぐ来て頂戴！」

と、いきなり、彼女は、甲高い声でいった。

「何があったんだね？」

十津川が、きくと、電話口の彼女は、ひどく取り乱した様子で、

「とにかく、早く来て頂戴！」

を、くり返すばかりだった。

宮本刑事が、太陽物産に電話していたので、十津川は、一人で、K駅の近くにあるマンションに、美也子を訪ねて行った。

2DKの部屋は、さすがに、若い女のそれらしく、きちんと片づき、鮮やかな色彩にあふれていた。

十津川の部屋とは、たいした違いである。

入口の下駄箱に、男の靴があったり、三面鏡の上に、男のヘアトニックのびんが並んでいたりするのは、彼女に、特定の男がいる証拠のようにも見えた。美也子ぐらいの年齢なら、男がいる方が自然でもある。

美也子は、ひどく堅い表情で、十津川を窓際の部屋に通してから、

「これを見て」

と、一通の封書を手渡した。

白い封筒の表に「堀本美也子殿」とだけ書いてある。住所も書いてないし、切手も貼ってなかった。誰かが、自分で、マンションの入口のところにある郵便受に入れたのだろう。

裏を返したが、差出人の名前はない。

中身は、便箋一枚だった。

電車の中で見たことは、誰にもいうな。

もし、警察にいったら、お前を殺す。

これだけである。

6

「今日、十二時頃起きて、下へおりていったら、郵便受に、それが入ってたのよ」

美也子は、蒼い顔でいった。

「差出人に心当りは？」

「そんなもの、あるもんですか？」

美也子は、怒ったような声を出した。

「明らかに、終電車の犯人が書いたものだね」

「でも、あたしは、犯人の顔を見ていないのよ。殺されるところだって、見てないわ」

「しかし、犯人は、見られたと思っているんだ」

「なぜ？　あの終電車には、あたしの他に、五、六人乗っていたのよ。それなのに、なぜ、あたしだけに、こんな脅迫状を？」

「他の乗客にも、名前を調べて、これと同じものを出しているかも知れないね。もう一つ、君の姿が目立ったのかも知れない。君は確か、K駅の近くになって眼をさまし、周囲を見廻したといったね」

「ええ」

「あるいは、その時、犯人と眼が合ったのかも知れないね」

「でも、あたしは、何にも見えなかったのに」

「犯人は、そう受け取らなかったのさ。見られたと思った」

「でも、それなら、なぜ今頃になって、こんな脅迫状を？」

「その時は、君が、どこの誰かわからなかったんだろう。犯人は、必死になって、君の身元を調べた。そして、ここに住んでいるのを突き止めて、この手紙を投げ込んだ。そんなところだろうと思うがね」

「どうすればいいの。殺されるなんて、真っ平ごめんだわ」

美也子は、部屋の中を、いらいらと歩き廻りながら、

「何だって、こんなことに――」

と、文句をいった。

十津川は、窓の外を見下した。K駅が見える。真下の道路を、タクシーが走り過ぎて行った。

「誰かいるの？」

と、美也子が、怯《おび》えた声できいた。

「いや。誰もいない。だが、犯人は、僕の顔を知っていて、ここに入るのを見ていたのかもわからんな」

「いやだわ。警察に何か話したと思われて、殺されるなんて、真っ平よ。電車の中で、あたしは、何も見なかったのに」

「犯人は、そんなことは、信じないかも知れないね」

「じゃあ、あたしは、どうすればいいの？」

「一番いいのは、犯人を思い出してくれることだが、とにかく、警察は、君を守ることにするよ」

　十津川は、電話を借りて、捜査本部に連絡し、警官に来て貰うことにした。

　若い警官が来ると、十津川は、廊下で見張っているようにいい、彼自身は、問題の脅迫状を、捜査本部に持ち帰った。

　壁にぶつかっていた捜査本部にとって、脅迫状は、一つの刺激になった。

　筆跡は、明らかに定規を使用したもので、犯人割り出しに役立ちそうもなかったが、犯人の方から動き出したということは、収穫だった。

「堀本美也子というのは、気の強そうな女かね？」

　と、捜査主任が、十津川にきいた。

「気丈な性格だとはいえますね。この脅迫状を受け取って、さすがに蒼い顔をしていましたが、ふるえてはいませんでした」

「芝居っ気はどうかね？」

「さあ。なぜですか」

「犯人は、彼女に見られたと思っている。犯行そのものか、顔をかは、わからないがね。多分、顔だけだろう。殺すところを見られたと思っているのなら、こんな脅迫状を出さずに、いきなり、彼女の口を封じたはずだ」

「私もそう思います。ということは、犯人を限定できることでもあると思いますね。あの終電車の常連なら、顔を見られても、弁明のしようがある。ところが、あの夜だけ、あの終電車に乗っていたとすれば、顔を見られたことが、即、致命傷になりかねませんからね」

「例えば、田村晋太郎か？」

「そうです」

「そこでだ。堀本美也子には、あくまで、犯人の顔を見たことにさせておく。それだけでなく、警察にしゃべりそうだと、犯人に思わせたらどうかね」

「不安になった犯人が、堀本美也子を殺しに動くということですか？」

「そうする以外に、犯人を逮捕する方法は、今のところ、見つからないような気がするんだよ」

と、主任はいった。

## 7

犯人の眼の前に、餌《えさ》をぶら下げようというのである。

餌は、堀本美也子。下手をすれば、彼女は、本当に殺されてしまうかも知れない。

十津川と、宮本刑事は、三鷹に行き、田村の家を見張ることになった。

三鷹に着いたのは、陽が落ちてからである。田村の家には、もう、明りがついていた。

こうしている間に、捜査本部は、主任が記者会見し、目撃者が見つかったこと、目撃者は、犯人について証言してくれるはずだと、発表することになっていた。

テレビは、ニュースの時間に、それを流すだろう。田村は、それを見て、堀本美也子を消すために、動き出すに違いない。

暗がりの中で、十津川は、腕時計を見た。

「あと三十分で、主任の記者会見だな」

と、十津川がいったとき、田村の家を見つめていた宮本刑事が、ふいに、

「どうも変だぞ」

「何が?」

「田村は、今、一人のはずだろう。それなのに一階も二階も、電気がついているぞ」

「暗いのが嫌いな人間もいるよ」

「しかし、湯殿の明りも、さっきからつきっ放しだ」

「まさか――」

と、十津川も、急に不安になった。

二人は、ほとんど同時に、田村の家に向って、駆け出した。

玄関に立って、ベルを鳴らしたが、返事はない。

(逃げたのか?)

十津川は、玄関のドアを開けた。

明りが、こうこうとついているが、家の中に、人の気配はなかった。

二人は、土足で、家の中に飛び込んだ。居間にも、浴室にも、二階にも、田村晋太郎の姿はなかった。

同じ頃、駅前のマンションで、堀本美也子の部屋の警護に当っていた警官は、どっと押し寄せた新聞記者やカメラマンに、たちまち、もみくちゃにされ、はじき飛ばされてしまった。

記者やカメラマンたちは、強引に、美也子の部屋に入り込み、パチパチと、フラッシュを焚《た》き、事件について、やつぎばやに質問を浴びせかけた。

どうしようもなくなった警官は、捜査本部に、連絡した。

驚いた捜査主任は、自ら、パトカーに乗って、マンションに駆けつけた。

彼が着いた時、取材を終った記者たちが、どやどやと、マンションから出てくるところだった。その一人が、主任を見て、

「目撃者をかくしておくなんて、民主的じゃないですねえ」

と嫌味をいった。

「いったい、誰から彼女のことを聞いたんだ？」

「誰からでもいいでしょう。しかし、彼女は、本当に、犯人を見ているんですか？」

「彼女は、君たちに、何といったんだ？」

「それが、警察にしか話せないの一点張りでしてねえ。ただし、脅迫状のことは話してくれたから、ニュースにしますよ。まずいですか？」

「記事にしていいよ」

と、記者たちにいって、主任は、エレベーターで、五階へ上った。

廊下にいた警官が、汗を拭《ふ》きながら、

「いきなり押しかけられたんで、どうしようもありませんでした」

と、主任に報告した。

「堀本美也子は、無事だろうね？」

「それは、大丈夫です」

と、警官はいったが、主任は、それだけでは不安で、五〇六号室をノックしてみた。

和服姿の美也子が、いくらか上気した顔を出した。彼女は、主任を部屋に通してから、

「びっくりしたわ。あんなに写真を撮られたのも、生れて初めて」

「ちょっと手違いがあってね。君が無事なので安心したよ」

「あたしは、いつまで、ここに閉じ籠っていなきゃならないの？　一日でもお店を休むのは辛いのよ」

「今日、明日中に、犯人は捕まると思うから、もう少しの間、辛抱して貰いたいんだ」

「早く捕えてくれないと、あたしが困るわ。警察は、あたしがお店を休んでいる間のお給金は払ってくれないんでしょう？」

「そこまでは、ちょっとねえ」

主任が、苦笑して廊下に出ると、そこへ、十津川と宮本刑事が上がって来るのに、ぶつかった。

「田村は、姿を消しました。高飛びしたのかも知れませんが、ここへやって来て、堀本美也子を殺すつもりかも知れません」

十津川は、堅い表情で、主任に報告した。

「こっちへ来てくれれば、ありがたいがね」

と、主任はいった。

十津川と宮本刑事は、管理人室に入れて貰い、田村晋太郎を待ち伏せることにした。その他、五階の廊下に警官一人。マンションの周囲にも、三人の刑事が張り込むことになった。

あとは、田村が現れるのを待つだけである。

夜半を過ぎた。

が、田村の姿は現れない。

時折、足音がして、そのたびに、十津川たちは緊張したが、いずれも、このマンションの住人だった。

午前二時、三時となった。が、同じだった。眠気ざましに吸った煙草の吸殻《すいがら》が、灰皿に山を作った。

夜が明けた。

駅に近いので、始発電車の音が聞こえてくる。

「どうやら、無駄骨だったようだな」

と、宮本刑事は、空になったセブンスターの箱を、丸めながら呟《つぶや》いた。

「すると、田村は、高飛びしたということかな」

十津川は、眼をこすった。

徹夜の張込みが無駄だったときほど虚しいものはない。疲れがどっと出てくるのも、こんな時である。そして、眠い。煙草の吸い過ぎで、のどがいがらっぽい。

「まさか、彼女は死んでないだろうな」

ふと、宮本刑事がいった。もちろん、彼自身も、冗談でいったのだが、十津川は、場合が場合だけに、

「よせよ。縁起でもない」

と、いってから、

「そんなに心配なら、彼女に、朝のあいさつをして来ようじゃないか」

と、笑った。

二人は、五階へ上がった。廊下を見張っていた警官が近寄って来て、

「異常ありません」

「わかってるさ」

と、十津川は、いい、五〇六号室のベルを押してみた。

内で鳴っているのだが、いっこうにドアが開かない。

「まだ寝てるんだろう。ああいう職業の女は、朝が遅いからな」

宮本刑事がいった。

「それはそうだが、昨日は店を休んだんだから、もう眼をさましたと思うがねえ。九時に近いんだ」

十津川は、もう一度、ベルを鳴らしてみた。だが、同じだった。

「おかしいぞ」

と、十津川はいい、宮本刑事の顔色も変った。まだ寝ているにしても、これだけベルを鳴らされたら、うるさくて、眼をさましてしまうのが普通だからだ。

ドアには、錠がおりていた。

十津川は、管理人にマスター・キーを持って来て貰った。

「怒られませんか？　この人の起きるのは、いつも、昼過ぎだそうですよ」

管理人は、キーを差し込みながら、十津川たちを見た。

「構わんさ。怒ったら、われわれが謝るよ」

と、十津川がいった。

ドアが開いた。

十津川が、まっ先に飛び込んだ。

寝室の、花模様のじゅうたんの上に、堀本美也子が、ネグリジェ姿で死んでいた。

## 8

十津川たちは、呆然と立ちすくんだ。

「青酸死だな」

と、宮本刑事が、ボソッと呟いた。

十津川にもすぐわかった。青酸死特有の淡いピンク色に、皮膚が染まっていたからである。

苦悶の表情が、くの字に曲った指先や、ひん曲った口元に凍りついている。ネグリジェの襟元がはだけ、のどから胸にかけて小さな引っかき傷がついているのは、苦しさに、かきむしったからに違いない。

枕元《まくらもと》には、ジョニ黒の瓶があった。そして、転がっているグラス。

気を取り直した十津川は、ハンカチを取り出して、グラスを包み、中身が半分ほどになっているジョニ黒の瓶にふたをした。その間に、宮本刑事が、本部に連絡した。

鑑識が駆けつけ、主任もやって来た。

どの顔も蒼ざめていた。

「見事にやられたな」

と、主任は、十津川たちに向っていった。

ジョニ黒の瓶からも、グラスからも、青酸反応が出た。

「私が、彼女の部屋を初めて訪ねたとき、あのジョニ黒の瓶は、寝室の棚の上にのっていました。犯人は、忍び込んで、あの中に、青酸カリを投入したんです。そうしておけば、彼女が飲んで死ぬと考えたんでしょう」

と、十津川は、主任にいった。

「犯人は、田村だと思うかね？」

「他に考えられません」

「しかし、田村がどうやって、部屋に入ることが出来たんだろう？」

「新聞記者たちのせいですよ。どっと、新聞記者やカメラマンが、堀本美也子の部屋になだれ込んだ時がありましたね。田村は、あの中にまぎれて、部屋に入ったんじゃないでしょうか。ハンチングをかぶり、ジャンパーを着て、カメラをぶら下げていれば、カメラマンに見えますからね。それに、夜で暗いときでしたからね」

と、十津川はいった。

さっそく、警察詰めの各社の記者たちに集まって貰った。

堀本美也子が殺されたということで、記者たちも、ニュース・ソースは、などといわず、

「電話があったんですよ」

と、教えてくれた。

「男の声で、あの事件の目撃者が見つかった。住所はK駅前のマンションの五〇六号室、名前は堀本美也子というもんだから、あわてて飛んで行ったんですよ」

「私のところもだ」

と、他の新聞社の記者も肯いた。

「いくつぐらいの男の声でしたか?」

主任がきいた。

「わかりませんね。若い声みたいでもあったし、相当な年齢の男のようにも思えたし——」

「ところで、みなさんが、彼女の部屋に押しかけた時ですが、この男が、あなた方の中にもぐり込んでいませんでしたか?」

主任が渡した田村晋太郎の写真が、新聞記者たちの間に、ぐるぐる回された。

「いなかったと思いますけどねえ。とにかく彼女の談話を取るのに夢中だったから」

というのが、記者たちの返事だった。

堀本美也子の部屋に集まった記者とカメラマンは、二十三名。それが、どッと押しかけたのだから、一人ぐらい第三者が入り込んでいっても、取材に夢中で、誰も気付かなかったかも知れない。

記者たちと別れたあと、主任は、

「罠《わな》をかけたつもりで、われわれの方が、罠にかけられたのかも知れないな」

と、十津川たちを見た。

どんなに弁明しようと、警戒していながら、まんまと、犯人に大事な証人を殺されてしまったことは間違いなかった。いや、事態はもっと悪いかも知れない。堀本美也子を目撃者に仕立てあげたために、死ななくてもいい彼女を、殺してしまったかも知れないのだ。

十津川も、新聞で叩かれるのを覚悟した。

こうなったからには、何が何でも、田村晋太郎を逮捕しなければ、警察の面子《めんつ》が立たない。

田村晋太郎が、全国に指名手配された。

田村の郷里である長野と、彼の細君の実家である福島の県警には、特別に、主任が電話で調査を依頼した。

しかし、田村は、見つからなかった。

そして、指名手配されてから十日目の朝になって、田村晋太郎もまた、死体で発見されたのである。

## 9

場所は、深大寺《じんだいじ》近くの雑木林の中だった。

晩秋の肌寒い朝、近くに住む画家が、犬と散歩に出て、急に犬が吠《ほ》えながら雑木林の中に駆け込み、その後について入って行ったところ、落葉に埋もれるように、初老の男が死んでいたのである。

画家は、驚いて、近くの派出所に知らせた。

その死体が、指名手配中の田村晋太郎とわかったのは、背広のポケットに、身分証明書が入っていたからである。

知らせを受けて、十津川と宮本刑事が、現場に急行した。

深大寺まで、K駅から車で十二、三分の距離である。

まだ、この辺りには、武蔵野の面影が残っている。深大寺の裏の雑木林に入って行くと、派出所の警官が二人を迎えて、案内してくれた。

落葉が深い。田村晋太郎の死体は、その落葉の上に、仰向けに寝かされていた。

「発見された時は、あの太い樹に寄りかかるような恰好だったそうです」

と、警官は、くぬぎの木を指さした。

「肩にも、落葉がつもっていたそうですから、死後、かなり経過していますな」

外傷はない。

「青酸死らしいな」

と、宮本刑事が呟いた。

落葉の中から、罐《かん》ビールの空かんが見つかった。ビールで、青酸カリを呑んだのか。

死体は、すぐ大学病院へ運ばれ、ビールの空かんは、鑑識に回された。

解剖の結果は、十津川たちの予期した通りだった。

死因は、青酸カリによる中毒死。

死亡推定時間は、凡《およ》そ十日前。つまり、指名手配が行われた頃である。

ビールの空罐の方からも、青酸反応が出た。

捜査本部に生れたのは、まず、自殺説である。

田村晋太郎は、N電鉄の終電車内で、坂西宏を刺殺した。動機は怨恨《えんこん》である。

そして、同じ終電車に乗っていた堀本美也子に、顔を見られたと思い込み、新聞記者たちを動かしておいて、それに乗じて、彼女を毒殺した。

しかし、自分が全国に指名手配されたのを知り、観念して、美也子を殺した青酸カりを呑んで自殺した。

筋は通っていた。それに、自殺と考えれば、今度の事件は、犯人の死によって解決するのである。

だが、十津川は、捜査本部を支配しようとしている自殺説に、どうしてもなじめなかった。

田村は、確かに指名手配された。だが、彼が犯人だという証拠は、なかったのだ。逃げ回ることはなかったのである。それなのに、なぜ、田村は、雑木林の中で自殺したのだろうか。

それとも、田村は、会社を懲戒解雇になることへの絶望感から自殺したのだろうか。殺人と、その両方が重なって、自殺したとも考えられる。

「しかし、やはり、何か納得できませんね」

と、十津川は、主任に向っていった。

「というと、田村も殺されたと、君は考えるのかね？」

主任は、微笑して、十津川を見た。

「そうです」

「しかし、そうだとすると、いったい誰が、田村を殺したというのかね？」

「それがわからずに困っているのです」

十津川が、頭をかいていると、宮本刑事が、彼を助けるように、

「私も、田村の自殺説には反対ですね」

「君も、何となくしっくりしないというのかね？」

「いや。私には、確固とした理由があります。私は、田村が堀本美也子を殺したと思っていないのです」

「ほう」

「田村が、彼女を毒殺したとは、どうしても思えません」

「新聞記者にまぎれ込むのは無理だということかね？」

主任がきいた。

「いや、そうじゃありません。記者さんは呑気者だから、一人ぐらい第三者がもぐり込んでいても、気がつかないと思いますね」

「じゃあ、どこがおかしいのかね？」

「殺しの方法です」

「毒殺は、不自然かね？」

「毒殺そのものは、不自然じゃありません。しかし、あの場合は納得できないのです。しかし、あの場合、田村は、青酸カリを持って、マンションに出かけたことになります。しかし、田村は、どうして、飲みかけの洋酒が、あの部屋にあり、そこへ青酸カリを入れ

ておけば、彼女がそれを飲んで死ぬと知っていたんでしょうか？」

「田村にしたら、部屋に入れば、何か青酸カリを混入するようなものがあると、考えていたんじゃないのかな。そうは思えないかね？」

「思えませんな」

宮本刑事は、頑固にいった。

ちょっと気まずい沈黙が生れてしまった。

捜査主任は、しばらく腕を組んで考えていたが、

「君たち二人は、どうしても、田村晋太郎の自殺説には、賛成できないというわけだね？」

「そうです」

と、十津川。

「じゃあ、こうしよう。君たち二人に、四十八時間の時間を与えるから、その間に、もう一度、今度の事件を調べてみたまえ。田村が自殺ではないというのなら、彼を殺した犯人がいるはずだ。それを見つけたまえ。もし、四十八時間以内に出来なければ、捜査本部としては、田村は自殺したと考えて、今度の殺人事件は、解決したものと考えるよ。事件が終ったのに、いつまでも、捜査本部を設けているわけにはいかないからね」

10

十津川と、宮本刑事は、並んで捜査本部を出た。

「正直にいって、僕は、田村晋太郎の自殺説に反対したものの、それなら、誰が殺したかということになると、全く自信がないんだ」

と、十津川は、並んで歩きながら、宮本刑事にいった。

「おれもさ」

と、宮本も、肯いた。

「しかし、主任にはなかなか強気なことをいっていたじゃないか?」

「行きがかりということもあったからね」

と、宮本は、この男にしては、珍しく笑ってから、

「君だって、自信がないというが、何か考えてはいるんだろう?」

「ああ。今度の事件を、全く違った角度から考え直してみようかと思っている」

「というと?」

「出発点が違っていたんじゃないかと思うのさ。一人のサラリーマンが、終電車の中で殺された。そして、容疑者として田村晋太郎という男が浮んだ。これを押し進めて

いけば、どうしても、田村の自殺で完結してしまう。だから、坂西宏を殺したのは、田村じゃないと考えてみようと思うのだ」

「しかし、坂西を殺す動機の持主は、田村以外、考えられないはずだよ」

「問題は、そこなんだ」

二人の刑事は、N電鉄の線路が見える場所へ来ていた。

六輛連結の緑色の車体が、二人の前を轟音《ごうおん》をひびかせて、通過して行った。

「僕は、事件を、自分のものとして考えてみた。自分の殺したい相手が、終電車の常連だとする。しかし、僕だったら、絶対に、終電車の中なんかで殺さないね。終点の近くなら、乗客は少ないだろうが、それだって、殺すところを見られる危険があるからだ。それに、調べていけば、結局、動機のある自分が疑われるのだ。それなら、終電車の中で殺す理由は全くないはずだし馬鹿気ているんだよ」

「でも、今度の犯人は、終電車の中で、殺したんだぜ。なぜかな?」

また、電車が、通過して行った。

その間に、十津川は、煙草を取り出して火をつけた。

「犯人は、終電車の中で殺すことに、利益があると考えたんだ。見つかるかも知れない危険を冒してでも」

「しかし、どんな利益が考えられる?」

「今、それを考えているんだ。まともに考えたら、何の利益もない。だから、どんな場合に利益があるだろうかと考えているんだが」

「たった一つだけ、考えられる場合があるよ」

宮本刑事は、鈍く光るレールを見ながらいった。

「どんな場合だい？」

「おかしないい方だが、動機のない奴が犯人の場合だ」

「動機がなければ、殺す必要もないことになってしまうだろう」

と、いってから、十津川の頭に、急に閃《ひらめ》いたことがあった。

（何の恨みもない人間を、殺す場合が、一つあるのだ）

「わかったよ」

と、十津川は、宮本刑事に向って、ニヤッと笑って見せた。

「何が？」

「何もかもさ」

「説明してくれないか」

「時間は、十分にあるんだ。お茶でも飲みながら、説明するよ」

## 11

二人の刑事は、K駅に近い喫茶店に入った。

十津川は、コーヒーを二つ頼んでから、

「われわれは、動機を追って行った。真犯人は、その壁の中にかくれてしまっていたんだよ」

「君は、まさか、動機なき殺人なんてことをいうんじゃあるまいな」

「そんなことはいわんさ。犯人は、終電車に乗っていた坂西宏を刺殺した。だが、犯人は、坂西を憎んでいたわけじゃない。もっといえば、坂西でなくてもよかったんだ。あの車輛に乗っている人間ならばだ」

「ちょっと待てよ。おれにも、だんだんわかって来たぞ」

と、宮本刑事は、唇をなめてから、

「犯人が、本当に殺したかったのは、別の人間だったんだな。だが、その人間を殺したのでは、すぐ、自分に疑いがかかる。それで、自分に全く関係のない人間を殺したんだ」

「その通りだよ。だが、まず無関係の人間を殺し、次に殺したい人間を殺しただけでは、同じことになってしまう。そこで、狡猾《こうかつ》な犯人は、上手に方法を考えたのさ。自分が殺したい人間が、N電鉄の終電車の常連だった」

「それが、堀本美也子か」

「その通り。彼女をストレートに殺せば、自分が疑われる。だから、まず、全く関係のない坂西宏を殺す。彼女と一緒に終電車に乗っている乗客なら、誰でもよかったのだ。人間は、どんな奴でも、一人ぐらいは敵がいるものだ。警察は、まず、殺す動機の持主を捜す。今度も同じだった。田村晋太郎という恰好の男が見つかった。犯人の思う壺《つぼ》だったわけだよ。犯人は、次に、本当に殺したい堀本美也子を狙《ねら》ったが、ただ殺したんでは、自分に疑いがかかる。それで、上手い手を考えた。彼女を目撃者として殺すことだよ。終電車の中で、犯人を目撃したから殺されたということにすれば、自然に、田村が犯人にされる」

「すると、われわれは、知らず知らずの中に、犯人に手を貸していたわけだな。彼女を目撃者に仕立てあげてしまったんだから」

宮本刑事の顔に、自嘲《じちよう》が浮んだ。

「残念だが、そうなるね」

と、十津川は、苦笑してから、

「真犯人は、堀本美也子の知り合いだ。そう考えれば、君が、毒殺について持った疑問も氷解するはずだ。真犯人は、記者団の中に、もぐり込む必要はなかったのさ。多分、いつでも、犯人は、彼女の部屋に入れたろうし、そんな関係なら、ウイスキーのことも知っていたはずだし、彼女が、寝る時に、そのウイスキーを飲む習慣のあることも知っていたんだと思うね」

「新聞記者に通報して、彼女の部屋に行かせたのは、われわれに、田村犯人説を、より一層、強く信じさせるためだったわけだな」

「そうだ。田村が彼女の部屋に入れる状況を作っておかないと、われわれが、田村犯人説に疑問を持つからね。われわれは、まんまと、犯人の作った罠にはまっていたわけだよ」

「彼女が毒殺された頃には、犯人は、田村を誘い出して、どこかへ監禁していたわけだな」

「多分、そうだろうね。なかなか美味《うま》いコーヒーじゃないか」

二人は、コーヒーを飲み終ると、その店を出た。

行く先は、堀本美也子が住んでいたマンションである。

管理人にあけて貰って、中に入った。玄関の男物の靴、三面鏡の上のヘアトニック。

「犯人のものだよ」

と、十津川は、手に取った。

「どんな男かわからないが、靴の大きさは二五。そして、フランスのヘアトニックを愛用している奴だ」

十津川たちは、男の影を捜して、部屋中を調べはじめた。三面鏡の引出し、洋服ダンスの引出し、そして、押入れと、物が入っていそうな場所は、全部あけてみた。だが、なかなか、男の写真や、手紙は出て来ない。

「用心深い男のようだな」

と、宮本刑事が、机の引出しを引っかき回しながらいった。十津川は、そんな宮本に、

「恐らく、家族持ちだろうね。だから用心深いんだ」

「おい。あったぞ」

と、急に、宮本刑事が叫んだ。

机の引出しに入っていた料理の本。その本の中ほどに、写真が一枚、はさんであった。

堀本美也子が、中年の男と並んで写っている写真だった。妙なことに、斜めに引きちぎられたのを、裏からセロテープで貼りつけてある。

「男と喧嘩して引きちぎってしまったが、やはり未練があって、貼り合わせたということかね」

と、宮本刑事。

「それとも、男が、捨てろといったが、女の方が、かくしておいたということかも知れないよ」

十津川は、いった。どちらにしろ、堀本美也子と、この男の仲は、微妙なものだったに違いない。

男の年齢は四十歳くらいだろう。やや太り気味の、恰幅《かっぷく》のいい男である。写真で見る限り、ダブルの背広がよく似合っている。

「この男も、背広の襟にバッジをつけているぜ」

と、宮本刑事が、写真を睨《にら》むように見てから、大声をあげた。

写真は、捜査本部に持ち帰られ、襟のバッジが調べられた。拡大された写真から、そのバッジが、日本で五指に入る大銀行のものだとわかった。

あとは、簡単だった。

男は、その銀行の新宿支店で、副支店長の柳沼明《やぎぬまあきら》、四十歳だった。もちろん、妻もあれば子供もある。

十津川と、宮本刑事は、この柳沼明に、罠をかけることにした。

一通の匿名の手紙が、柳沼に出された。

おれは、新宿のバーで働いている。家がN駅の近くにあって、いつも、N電車の終電車で帰ることにしているんだが、九月七日の夜、おれは、あの終電車の中で、乗客の一人が殺されるのを見ちまった。警察は、田村という男を犯人と断定した。だが、おれは、騙《だま》されない。おれは、あんたが、ナイフで刺すところを見たんだ。今まで、おれが警察に黙っていたのは、あんたが誰かわからなかったし、警察に知らせても、一銭にもならないからだ。だが、昨日、K銀行新宿支店に行ったら、あんたがいた。副支店長とは驚いたね。これなら、五百万くらい軽いもんだろう。もう一つ。おれは、あんたが、堀本美也子という女と、田村という男を毒殺したことも知っている。おれを黙らせたかったら、二十七日の午後十時に、K駅近くの八幡神社境内に、五百万持って来い。

正攻法とはいえなかったが、十津川たちは、今度の事件で、まんまと、柳沼のトリックに引っかかり、堀本美也子と、田村を死なせてしまったことに腹を立てていたのである。柳沼を、罠にかけてやらなければ、気がすまなかった。

二十七日の夜十時。

暗い八幡神社の境内に、十津川と宮本刑事は、息をひそめて張り込んだ。

もう、夜の空気は、肌寒かった。

指定した時間より、五、六分おくれて、石段を上がってくる足音が聞こえてきた。

月が雲の間から顔を出し、コートを着た男の姿が、浮き彫りになった。

柳沼明だった。

まず、十津川が、彼の前に出て行った。

「柳沼さんだね？」

と、十津川が声をかけると、柳沼は、黙って、十津川の顔を見、それから、周囲を見廻した。

「君も一人か？」

柳沼が、低い声できいた。

「ああ。一人だ。五百万は、持って来てくれたんだろうな」

「ここに入っている」

柳沼は、手に持っていた黒い鞄《かばん》を地面に置いた。

十津川が、屈み込んで、鞄を開ける。その瞬間を狙っていたように、柳沼は、ポケットからスパナを取り出して、ふりかぶった。

それが、十津川の頭部に向ってふりおろされる直前、宮本刑事の大きな声が飛んだ。

「四人目は、スパナで殺す気か！」

立ちすくむ柳沼を、十津川が下から見上げて、ニヤッと笑った。

「これで終ったな」

# 一千万人誘拐計画

# 1

その電話が掛ったとき、知事は、全国知事会議に出席のため、京都に出かけていて留守であった。あとから考えてみると、この奇妙な事件に巻き込まれなかったことは、彼にとって、幸運だったといえるだろう。

代りに、事件に巻き込まれることになった不運な男は、秘書室長の日高孝夫《ひだかたかお》だった。

電話があったのは、午後二時である。

「知事に話したいことがあるのだが」

と、男の声がいった。やや低音だが、はっきりした聞きやすい声だった。

「私は、秘書の日高です。知事へのご注文は、全て私が承ることになっております」

知事が都民との対話に熱心なので、日高も、努めて丁寧に答えた。

「なるほど」と、相手はいった。

「すると、君が、知事の代りに、私の質問に答えてくれるというわけだね」

理性的だが、傲慢《ごうまん》にも感じられる喋《しゃべ》り方だった。

「そうです。どんなご用件ですか？　都政に対するご注文ですか？」

「聞きたいことが一つある。一千万都民の生命の安全を守る責任は、知事にあるわけだろうね？」

「都民の安全というと、公害問題ですか？　それなら、公害局に電話を回しますが」

「早合点は困るね。私が聞いているのは、純粋に法律的な問題だよ。知事の所轄事項の第一は、一千万都民の生命の安全を守ることじゃないかねと、聞いているんだ。違うのかね？」

「それなら、おっしゃる通りです。知事は、都民の安全について、責任を持っています。最高の責任者ですからね」

「それを聞いて安心したよ」

「といいますと？」

「実は、誰《だれ》に要求するのが正しいのかわからずに当惑していたのだ。その答が見つかって良かった」

「要求？　何の要求です？」

「私は、誘拐計画を立てたのだが、身代金《みのしろきん》を誰に請求するのが正しいかわからなかったのだ」

（誘拐？）

日高は、とっさに、知事の、どちらかといえば女性的な顔を思い浮べた。しかし、会議に出席している知事には、京都府警から、屈強なボディガードがついているはずだった。簡単に誘拐できるとは思えない。それとも、知事の家族を誘拐したとでもいうのだろうか。

「お話が、よくわかりませんが？」

日高は、万一を考え、相手を刺激しないように、やさしくいった。

「私は、東京都民を誘拐する計画を立てた。この計画は、一時間後に実行する。その身代金を、誰に請求するのが正しいかを思案していたのだが、君の返事で、知事にするのが正当だとわかった」

「いったい、都民の誰を誘拐するというんです？」

「もちろん、一千万人全部だよ」

2

日高は、受話器を持ったまま、思わず、クスッと笑ってしまった。こいつは、明らかに精神異常者だ。妙に理屈っぽい話し方をするが、そんな異常者もいるだろう。知事室には、時たま、おかしな電話が掛ってくる。一週間前には、自分は第二〇六惑星からやって来た宇宙人だという若い男から電話が掛り、巨大な隕石《いんせき》が東京に落下し、街は火の海になるので、二時間以内に都民を疎開させろと命令した。あとでわかったのは、二〇六という数字は、その男が住んでいたアパートの部屋番号だったことである。何日以内に、大地震があるぞという自称地震研究家や、自称日本一の予言者からの電話もある。今度のも、同じようなものだろう。

日高は、まだ、相手が何かいっていたが、構わずに電話を切り、笑いながら、煙草に火をつけた。

正確に一時間後、再び電話が鳴ったとき、日高は、前の電話のことは忘れてしまっていた。

「私だ」

といわれて、日高は、思い出し、苦笑しながら、

「こちらは、忙しいんですがね」

「用件は、素早くすませる。逆探知される恐れがあるからね。私は、さっき予告した通り、たった今、つまり、午後三時ジャストに、計画に従って一千万都民を誘拐した。その身代金として、知事に対し、十億円を要求する。高額と思うかも知れないが、都民一人当りにすれば、わずか百円でしかない。安いものだ。すぐ用意したまえ。一時間後にまた連絡する」

今度は、向うが、いいたいだけいって、勝手に電話を切ってしまった。

（十億円とは、吹っかけたものだ）

と、日高は、受話器を置いてから、苦笑した。一人当り百円といったりするところは、精神異常者にしては、計算が合っている。妙な男だと思いながら、何となく気になって、日高は、窓の外を見下した。

街から突然、人の姿が消えてしまうといったSF映画の一場面が、一瞬、頭をよぎったからだったが、都庁前の大通りは、いつものように、車がひっきりなしに走り過ぎていたし、秋の陽差しの中の歩道には、ぞろぞろと人が歩いていた。変ったところは、どこにもない。

日高は、ほんの少しでも電話を気にしたことが馬鹿らしくもあり、腹立たしくもあって、椅子《いす》に戻ると、舌打ちをした。

三時のお茶を運んできた若い野中冴子《のなかさえこ》が、

「どうなさったんですか？」

と、日高を見た。

「頭のおかしな男が電話して来てねえ。都民一千万人を誘拐したから、知事は、身代金十億円払えというのさ」

「一千万人をですかァ」

今年、短大を出て、都庁に入ったばかりの野中冴子は、大きな眼をクルリとさせて、

「一千万人を誘拐するためには、少なくとも百万人が必要だと思います。百万人の大誘拐団なんて聞いたことがないし、第一、一千万人を誘拐したって、監禁しておく場所がないじゃありませんか」

「その通りだよ。だがねえ、その簡単な理屈が、相手には、わからんらしい。だから、頭がおかしいことにもなるんだがね」

日高は、肩をすくめて、ちらりと腕時計に眼をやった。電話の男は、あと一時間したら、また連絡するといった。どうやら、その男は、一千万人都民を誘拐したと信じ切っているようだから、きっと、また電話してくることだろう。

（一応、警察に連絡しておいた方がいいだろうか？）

と、思ったりもしたが、相手が狂人では、笑われるのがオチだと考えたりもして、決心がつかないうちに、午後四時が来た。

案の定、電話が鳴った。律義で、しつこい男なのだ。

「私だ」

と、相手がいった。

日高は、こちらを見ている野中冴子に向って、頭の上で、クルクル輪を描いて見せてから、

「ねえ、君。つまらん電話は、掛けないでくれないかね」

「どうやら君は、事態が呑《の》み込めていないようだね。私は、一千万都民を誘拐したと、宣告したのだ。身代金を払わない場合、悲しむべき事態になるが、君は、その責任をとるとでもいうのかね？」

「一千万人もの人間を、いったい、どこへ誘拐したというのかね？　よかったら、その場所を教えてくれないかな？」

日高は、からかうようなきき方をした。

電話線を通じて、軽く舌打ちをするのが聞こえた。

「誘拐の定義を君に教えてあげよう。『欺罔《きもう》または誘惑を手段として、人を従来の保護されていた状態から、自己または第三者の実力的支配下に移すこと』これが、誘拐の定義だよ」

「きもう？」

「法律用語だ。簡単にいえば、欺すということだよ。手段の方は、いろいろとあるから問題ではない。重要なのは、後段の方だ。どこかへ監禁するなどという文字は、どこにもないのだ。生命の安全が保障されない状態に置かれたとき、ということは、ある人間が、生殺与奪の権限を握ったとき、誘拐されたことになるわけだよ。これで、私の計画は理解できたはずだ。十億円の身代金を払う気になったろうね？」

「いや」

「ちッ、ちッ」と、相手は、また、電話の向うで、軽く舌打ちをした。「どうやら私は、全く理解力のない男を相手にしてしまったらしい。では、君にもわかるような行動をとることにしよう」

その言葉を聞いた瞬間、日高は、ふいに、背筋を冷たいものが走るのを感じた。相手の声が、急に、冷たくなったからだった。

「何をするというんだ？　都庁舎に、火焔《かえん》びんでも投げつける気かね？」

「馬鹿馬鹿しい。私は、一千万都民を誘拐したと、君にいったはずだ。相手が愚かにも身代金を払わん場合、残念だが、こちらが取る手段は一つしかない。眼をさまさせるために、人質の一人を殺すことだ。あと一時間、君に、というより、知事に時間を与えよう。一時間以内に十億円が用意されない場合には、躊躇《ちゅうちょ》なく、人質の一人を殺す。人質にした一千万人の中の一人をだ。知事に、それを防ぐ力があるかね？」

3

日高の顔が蒼《あお》ざめた。相手は、精神異常者などではなかったのだ。頭が切れて、その上、ひどく冷酷な男なのだ。

「多分、君は」と、男は、冷静な口調で続けた。

「窓の外を見て、何も変ったところはないと、私を嘲《わら》ったことだろう。だが、一千万都民を誘拐したと宣言した瞬間から、事態は、変ったのだ。私は、自分の好きな時間に、都内のある場所を歩いている人間を殺すことができる。相手は、私を知らないのだから、それを防ぐことは不可能だ。私に生死を握られているということは、私に誘拐されたということと同じなのだ。その気になれば、ある映画館に爆弾を投げ込んで、そこにいる全員を殺すことも出来る。つまり、その映画館にいる人間は、私に誘拐されたことになるのだ。私が、一千万都民を誘拐したといった意味が呑みこめたかね？」

「――――」

「黙ってしまったところをみると、何とかわかったようだね。君たちが、一千万人をどこかに移すことが不可能な限り、私は、好きな時、好きな場所で、一千万人の一人を殺すことが出来るのだ。では、一時間後を楽しみにしているよ。君と違って、知事は賢明のようだからね」

電話が切れると、日高は、あわてて、警視庁のダイヤルを回した。

十分後に、捜査一課の十津川という警部補が、四十歳前後の私服の刑事を一人連れてやって来た。日高は、他の職員を外に出し、二人に秘書室に入って貰《もら》った。

十津川は、三十五、六歳で、中肉中背、あまり見栄えのしない男だった。その上、風邪をひいたとみえて、部屋に入ってからも、鼻をグズグズいわせていた。

「私は、気管支が弱いので、気候の変り目はこたえます」

と、十津川はいい、それを証明して見せるようにハンカチを取り出し、大きな音を立ててはなをかんだ。

日高は、あまり頼りになりそうもない刑事だなと、危ぶみながら、

「事情は、電話で説明したとおりです。最初は、狂人だと思いましたが、相手は、頭のいい、冷静な男ですよ。彼のいう通り、一千万都民は、形はどうであれ、誘拐されたと同じことです。あなた方警察だって、一千万人の一人一人を、保護することは出来ないでしょうからね」

「確かに出来ませんな。今、日本全国に警察官は、約二十万人いますが、それを全部、東京に集めたとしても、一千万人を常時ガードすることは不可能です」

「じゃあ、どうすればいいんですか？」

「まあ、様子を見ようじゃありませんか。相手の出方を見るんです。あなたは、その男が、頭が良くて、冷静だというが、私は、電話を聞いていないので、判断ができませんからね。本当に頭がおかしい男なのかも知れませんよ」

「そんなことはない。話すことは、論理的です。狂人には、あんな発想は出来ませんよ」

「確かに、面白い発想をする男だとは思いますね。一千万人全部を誘拐しようと考え

るのはね。しかも、彼は、ただ電話で、誘拐したと宣言してきただけで、実際には、何もしていないわけでしょう？」

「しかし、窓の外を見て下さい」

と、日高は、十津川を、窓のところへ連れて行った。

「あなたのいう通り、あの男は、まだ何もしていませんよ。しかし、彼がもし、あの通行人の一人だとしたら、彼は、いつでも、前を歩いて行く人間を殺すことが出来るんです。そう考えると、下の歩道を楽しそうに歩いているあの若いアベックだって、その生命の安全が保障されていないという点で、誘拐されているのと同じことなんですよ」

日高の言葉に、十津川は、微笑した。日高は、むっとした表情になって、

「私が何かおかしいことをいいましたか？」

「いや。あなたのいうことが、電話の男がいったという理屈に似ているので、面白いなと思ってしまっただけですよ」

十津川は、落着いた声でいった。日高は、顔を赧《あか》くした。確かに、十津川のいう通りだった。いつの間にか、電話の男の論理に感化されてしまっているのだ。腹立たしかったが、あの男が与えた恐怖は消えてはくれなかった。

時間が、容赦なくたっていく。日高は、気が気ではなかったが、十津川は、落着き

払って、煙草に火をつけた。

午後五時。一分と前後せずに、電話が鳴った。

日高は、用意したテープレコーダーのスイッチを入れてから、受話器を取った。

「私だ」と、あの男がいった。

「十億円は、用意できたかね？」

「そんな大金が、一時間やそこらで出来るはずがないだろう」

「しかし、君は、一千万都民の生命の安全についての責任者は、知事だといったはずだ」

「知事は、公用で留守なのだ」

「それなら、代行者である副知事に相談したらいいだろう。そうか」と、男は、急に語調を変えた。

「君は、知事や副知事に話す代りに、警察を呼んだようだな。仕方がない。君たちが、私の要求を拒否したことに対して、人質の一人を殺すことにする。君たちの眼をさまさせるためにだ」

「どこの誰を殺すというんだ？」

「私は、一千万都民全部を誘拐したと宣言したはずだよ。一千万人の人質の中から、誰を最初の犠牲者に選ぼうと、私の勝手だ」

「そう。最初のだよ。君たちが私の要求を呑むまで、一日一人ずつ、人質を殺していく」

「最初の？」

「君。そんな――もし、もし。もし、もし」

日高は、大声で呼んだ。が、電話は、すでに切れてしまっていた。

日高は、受話器を置くと、興奮した眼で、十津川を見た。十津川は、録音されたテープを、何度も聞きかえした。

「どうです？　狂人のたわごとにみえますか？」

と、日高がきいた。

「いや。そうは思いませんよ。あなたのいう通り、相手は、冷静で、論理的な男のようです。しかも、自分の組み立てた論理に酔っているようなところがある」

「どうしたらいいんです」

「今の段階では、どうしようもありませんね。相手の名前も顔も、どこにいるのかもわからないのですから、手の打ちようがありません」

十津川の言葉は、冷静に考えれば、確かにその通りなのだが、日高には、眼の前にいる刑事が、ひどく無能な男のように見えて仕方がなかった。

五時になると、他の職員は帰りはじめたが、日高は、それどころではなかった。暖房も止まってしまったので、日高は、石油ストーブを持ち出してきて火をつけた。

五度目の電話が鳴ったのは、六時少し前だった。

「私だ」と、男は、例のとおり、やや低い声でいった。

「君たちが、私の要求を拒否したので、止むなく人質の一人を殺害した。場所は浅草《せんそう》寺《じ》の境内。三十五、六歳の和服を着た女だ。彼女が死んだ責任は、あげて君たちにある」

「どこの誰を殺したんだ？」

「一千万人の人質の中の一人にしか過ぎない者の名前を、私が覚えているわけがないだろう。明日の午後二時までに、十億円用意したまえ。さもなければ、明日、また、人質の一人を殺す」

男は、電話を切った。

十津川は、黙って立ち上ると、近くにあった別の電話で、浅草《あさくさ》警察署のダイヤルを回した。

4

「相手は、嘘《うそ》をいっていない」と、受話器を置いてから、十津川は、嶮《けわ》しい表情で、日高にいった。

「浅草寺境内の暗がりで、ついさっき、中年女性の死体が発見されたそうですよ。背中を刺されてね。近くの八百屋のカミさんで、名前は鈴木《すずき》徳子《とくこ》、三十六歳だそうだが。犯人には関係がないことでしょうな、名前も、年齢も」

「どうしたらいいんです？」

日高の声がふるえた。

「副知事に連絡して、ここへ来て貰った方がいいですね。私も、上司に報告して、指示を仰ぐことにします。ここまで来ると、あなた一人では、手に負えないでしょうからね」

三十分後に、小山副知事が、八〇キロの巨体をゆするようにして、自宅から車で駆けつけ、警視庁からも、藤原捜査一課長が、あらたに刑事二人を同行して顔を見せた。

小山副知事と藤原捜査一課長に、日高は、録音されたテープを聞かせた。

聞き終ると、小山副知事は、ギイギイと椅子をきしませて、

「これは、狂人だ」

「ある意味では、そういえるかも知れません」と、十津川が、落着いた声でいった。

「しかし、理性的で、自分がやっていることに自信を持っています。明日、十億円を支払わなければ、間違いなく、都民の中の任意の一人を、また殺すでしょうな」

「だがねえ。十億円などという大金が、どこにあるのかね。知事の交際費はあるが、一千万にもならない額だし、その支出でさえ、議会の同意を必要とするんだよ。もちろん、私にも、知事にも、十億円を用意できるはずがない。明日、この男から電話があったら、要求が筋違いだということを、納得させたらどうかね？」

小山は、日高を見た。日高は、自信がなくて、十津川を見た。

「多分、無駄でしょうね」と、十津川はいった。

「犯人は、論理的に、身代金の請求は、知事にすべきだと考えています。もちろん、彼だけに適用する論理ですがね。知事の代りに、誰が払うと具体的に話さない限り、説得することは、不可能ですよ」

「こんな馬鹿げた事件に、十億円も払う物好きは、おりやせんよ」

「それでは、犯人は、また一人殺すでしょうな。彼が人質だと称している都民の一人をです」

「警察は、捕えることが出来んのかね？　相手は狂人で、その上、殺人犯なんだよ」

小山はいらいらした眼で、藤原捜査一課長を睨《にら》んだ。

藤原は、腕組みをして、じっと、天井を睨んでいたが、「どうかね？」と、短く、十津川にきいた。

「今は、浅草署が犯人を逮捕してくれるのを期待しているんですが、まず、無理でしょうね。被害者から犯人をたぐっていくことが不可能だからです。浅草寺の境内で殺していますが、多分、犯人は浅草の人間ではないでしょう」

「じゃあ、どうしたらいいんですか？」

小山は、藤原捜査一課長にきいた。

藤原は、赤く燃えているストーブの炎に眼をやってから、

「十億円が用意できれば、一番いいですがねえ」

「そんな大金は、用意できんといったはずだよ」

「議員さんの中には、長者番付にのっている人もおられるんじゃありませんか？」

「そういうのは、大体において保守系の議員でね。協力を求めたところで、対話の得意な知事がいるんだから、知事が、犯人と対話して自首させたらいいだろうと、皮肉られるのがオチだよ」

「それに」と、日高が、藤原に向っていった。

「もし、こんな気違いじみた脅迫に屈して身代金を払ったら、犯人はつけあがって、次には、日本国民一億人を人質にとったと称して、総理大臣に、百億円の身代金を要求して来ますよ」

「むざむざ、十億円を犯人に渡すとは、いっていませんよ」と、藤原は、微笑した。

「誘拐事件では、身代金の受け渡しが勝負です。この時だけは、犯人も、姿を現わさ

ざるを得ませんからね。犯人を逮捕する餌として、十億円が用意できたらと考えていただけのことですよ」

「どうだろう」と、小山副知事が、椅子をきしませながらいった。

「犯人には、十億円を用意したといって、おびき寄せたらどうかね。そんな大金なら、ケースに詰めることになるだろう。何とでも、ごまかせるんじゃないかね？」

「ケースの中に、古新聞でも詰めますか」

「他に方法はないんじゃないかね」

「そうですな。危険はありますが、やってみましょう」

と、藤原は頷いた。

十億円という金額だと、全部一万円札としても、かなり大きなスーツケースが、少なくとも十個は必要だった。相手を信用させるために、その夜のうちに、用意され、秘書室に運び込まれた。

次は、古い週刊誌を詰め込む作業だった。

日高が、廃品回収業者に電話し、軽四輪トラック一台分の古雑誌を運んで貰った。

日高たちは、それを、ケースの一つ一つに詰めていった。十津川警部補も、相変らず、鼻をクスンクスンいわせながら、古新聞を、ケースに詰めていた。

日高は、ずっしりと重くなった黒いケースが、積みあげられていくのを見ながら、首をひねった。

(犯人は、こんな重い荷物を、どうやって運ぶ気でいるのだろうか?)

5

夜半になっても、浅草署は、犯人を逮捕できなかった。危惧《きぐ》が適中したのだ。浅草署の話では、死体が発見された時には、すでに、死後一時間近く経過していたということだから、犯人は、人質を殺したと連絡して来た時、彼は、すでに、現場の浅草から遠く離れたところにいたのだろう。犯人は、群衆の中にかくれてしまったのだ。いや、犯人にいわせれば、誘拐した人質の中にかくれてしまったわけである。

翌日の午後二時に、犯人は、約束どおり、電話をかけてきた。

「私だ」と、男は、前と同じ語調でいった。

「身代金の十億円は、用意できたかね?」

「作ったよ」

と、日高はいった。小山副知事、藤原捜査一課長、それに、十津川警部補の眼が、彼に注がれている。

「間違いないだろうね?」

犯人は、念を押した。

日高は、部屋の隅に積まれたスーツケースに眼をやって、「間違いない」といった。一つのケースの重さが、約二六キロ。これは、一万円札で一億円の重さに、ケースの重さを足したものである。簡単に見破られないように、重さを正確にしたのだ。十個で、二六〇キロ。犯人は、どうやって、運び去る気なのか。

「これから、どうすればいい？」

と、日高がきいた。あらかじめ刑事の一人が、電話局に逆探知の依頼をしていたが、前の場合と同じように、失敗に終る公算が大きかった。相手は、用心深く、長話をしてくれないからだ。

「もう一度きくが、本当に、現金で十億円、用意できたんだろうね？」

と、犯人は、念を押した。

「本当だ。ここに一億円入りのケースが十個積みあげてある。中身は、全部一万円札だ。受取場所を指定すれば、私が持って行く」

「その言葉が、本当かどうか確かめてみよう」

犯人は、落着き払った声でいった。

「確かめる？　どうやって？」

「ケース一つは、確かに二〇キロぐらいのものだ。君は、ケース一つを持って、すぐ、都庁の屋上へあがるのだ。いくらホワイト・カラーでも、二〇キログらいのものなら、持てるだろう」

「それで、どうする？」

「屋上から、一億円全部をバラ撒《ま》け。多分、大さわぎになるだろう。そうしたら、本当に十億円用意したと認めよう」

「しかし、一億円もの金を。それは、無茶だよ。君」

日高は、あわてていった。が、相手は、あくまで冷静な口調で、

「一億円全部が失くなっても、あと、九億円あるはずだ。私は、それで満足だよ。君が屋上まで行くのに五、六分として、十分以内に、都庁周辺に一万円札の雨が降り、大さわぎにならなければ、私は、君たちが、私を欺いたものとみなして、人質の二人目を殺す。いいかね。あと十分間だ。私が、二人目を殺さなくてもすむように、早く屋上へ行きたまえ」

「もし、もし――」

相手が切ってしまったとわかっていながら、日高は、蒼い顔で、呼び続けた。

「切れていますよ」

と、十津川がいい、日高は、受話器を置いたものの、絶望的な眼で、副知事を見、藤原捜査一課長を見た。

「どうしたらいいんです？　このケースの中には、古雑誌しか入っていないんですよ」

日高は、悲鳴に似た声を出した。

捜査一課長の藤原は、小山副知事に、

「一億円の金が、すぐ用意できますか？」

「副知事の肩書では、銀行は、せいぜい一千万ぐらいしか貸してくれんよ」

「一千万というと、一万円札で千枚ですな。それでも、仕方がないかもしれませんね」

「君は、何をいってるのかね？」

「犯人の要求は気違いじみていますが、札束をバラ撒かなければ、奴は、東京のどこかで、罪もない都民の一人を殺します。とりあえず、それを防ぎたいのです。二、三十枚では誤魔化せませんが、千枚なら、大さわぎになるでしょう。犯人に、第二の殺人を止めさせる力にはなると思いますのでね。一千万円を借りるのに、どの位の時間がかかりますか」

「書類も必要だろうから、少なくとも、三十分必要だよ」

「それじゃあ、間に合いませんよ」

と、日高が、甲高《かんだか》い声で、口をはさんだ。

「犯人は、十分間といっているんです。妙に時間に厳格な男ですから、三十分も待ってくれるはずがありません」

「しかし、十分以内に、一億円なんて大金が用意できるはずがないじゃないか！」

小山副知事が、怒鳴った。

秘書室にいる全員が、ピリピリしてしまっていたといってよかった。その中で、ひとりだけ、変に冷静な人間がいたとしたら、十津川警部補だったかも知れない。彼は、大きなくしゃみをしてから、

「犯人は、どこかで、一万円札の雨が降るのを見ているつもりなのかな？」

とボソボソした声でひとりごとみたいにいった。

日高は、そんな十津川の顔を、嶮しい眼で、ジロリと睨んでから、

「もう、あと六分しかありませんよ。このままじゃあ、どこかで、都民の一人が、殺されることになります。どうするつもりですか？」

「どう出来るというのかね？」と、小山副知事が、椅子から立ち上り、八〇キロの巨体をゆすって、室内を歩き廻《まわ》った。

藤原捜査一課長も、黙ってしまった。手品でも使わない限り、一億円の札束を、六分以内に用意することは不可能なのだ。

十津川がまた、くしゃみをした。

「百万円なら、すぐ用意できますか？」

「私に聞いているのかね？」

と、小山副知事が、十津川を見た。

「そうです」

「百万ぐらいなら、何とかなるが、君の上司は、一千万ぐらいなければ、犯人を誤魔化せんといったはずだぞ」

「一千万円あれば一番いいと思いますが、百万円でも大丈夫のはずです」

「なぜ？」

「時間です。今は午後二時です」

「それが、どうかしたのかね」

「車道には車があふれているし、歩道には、人が歩いてます」

「当り前だ」

「そこへ一万円札をバラ撒くのです。多分、百枚でも、混乱が起きるでしょう。犯人から電話があったら、百枚ばかり撒いたところで、混乱が起きたから、都政をあずかる人間として、危険を防ぐ意味で中止したというのです。犯人は、半信半疑で聞くと思いますが、第二の殺人は、一時でも、止めさせることが出来るかも知れない。少なくとも、時間はかせげます」

「そうだな」と、小山は、初めて、口元をほころばせた。

「日高君。すぐ、通りの向うのS銀行へ行って来てくれ。私が支店長に電話しておく。

顔見知りだし、私も少しは、預金があるから、百万なら、すぐ貸してくれるはずだ」

日高は、すぐ、部屋を飛び出した。

6

日高は、腕時計を、ちらちら見ながら、車道を突っ切り、S銀行に飛び込んだ。

貸付係の女事務員に名刺を渡し、副知事から電話があったはずだがというと、奥から、支店長が、部厚い紙袋を持って来てくれた。

中身は、間違いなく、一万円札で百枚。礼をいうのもそこそこに、日高は、駆け戻った。が、ドアを開けて、秘書室に入ったとき、部屋の空気が、重苦しく沈み込んでしまっているのに気がついた。

「百万円が用意できました」

「間に合わなかったよ」

と、小山副知事が、溜息《ためいき》をついた。

「間に合わなかったって、五分しか超過していませんよ」

「今、犯人から電話があって、私が出た。約束の時間が過ぎたのに何も起こらなかったから、人質の一人を殺すといった。私が、何とか説得しようとしたんだが、奴は、勝手に電話を切ってしまったのだ。この近くで、時計を見ながら、都庁ビルを監視していたんだろう」

「では、どうしたらいいんです？」

日高は、百万円の入った袋を、机の上に投げ出して、みんなの顔を見廻した。

「犯人が、何をするか、ただ、待つより仕方がありませんね」

と、藤原捜査一課長が、沈痛な声でいった。

「手おくれかも知れないが、この百万円を、今から、バラ撒いたらどうでしょうか？犯人が、どこかで見ていたら、第二の殺人を思い止まるかも知れません」

日高の言葉に、藤原は、じっと考えていたが、

「可能性は少ないが、やってみましょう。今は、何よりも、第二の殺人を食い止めたいですからね」

と、同意した。

日高が、一人で屋上へあがった。風が少し強い。見下すと、車があふれ、通行人が豆粒のように感じられる。袋から百枚の一万円札を取り出し、下に向って投げた。札束は、途中からバラバラになり、空間に散って行った。その光景が、日高の眼に、ふと、ひどく非現実的な、夢の中のそれのように思えた。

一万円札が舞い落ちる都庁前の大通りは、たちまち、混乱に落ちた。車が次々に止

まり、運転していた人たちがおりて来て、夢中になって、一万円札を拾いはじめたからである。通行人も、歓声をあげて、一万円札を追いかけた。

拾った一万円札を、近くの派出所に届けた人もいるし、警察に届けない人もいた。百万円の中、結果的には、二十九万円だけが警察に届けられ、あとの七十一万円は、失くなってしまった。

そんな街の騒ぎを、秘書室に戻った日高は、小山副知事たちと一緒に、窓から見下していた。これを、犯人が見ていて、第二の殺人を思い止まってくれたらと祈りながらである。

しかし、一時間たち、二時間たっても、犯人からの連絡は入らなかった。

電話が掛ったのは、陽が落ちて、街が暗くなった午後六時だった。

「私だ」と、例によって、犯人は、低い声でいった。

「君たちが、私の要求を受け入れなかったので、二人目の人質を殺さざるを得なかった」

「テレビのニュースを見なかったのか？　あれからすぐ、君の指示どおり、一万円札を都庁の屋上からバラ撒いたんだ」

日高が、激しい口調でいった。犯人は、電話の向うで、小さく笑って、

「ニュースは見たさ。だが、せいぜい、百万か二百万ぐらいで、誤魔化そうとしても

駄目だ」

「一万円札を取り合って、混乱が起きたので、途中で止めたんだ。都政をあずかる人間としたら、当然の処置だろう」

「私が指示した時間内だったら、信じたかも知れないがね。今は、下手な芝居としか思えないね。私が殺した人質のことを話しておこう。丸子多摩川《まるこたまがわ》の東京側の河原で六十歳ぐらいの老人を殺した。調べてみるといい」

「三人目も殺す気か？」

「君たちが、身代金を払えば、人質は殺さんよ」

「十億円という大金は、おいそれとは集まらないんだ」

「身代金は二十億円だよ」

「何だって？」

「君たちは私を欺いた。だから、その償いをさせるのだ。身代金は、一人当り百円から二百円にした。つまり二十億円だ。明日の午後二時にまた、電話する。その時、今日のようなことがあれば、三人目の人質を殺す」

電話は切れた。

すぐ、池上署《いけがみしょ》に連絡された。池上署には、まだ殺人事件の報告は入っていなかったが、河原に走った警官は、草むらにうつ伏せに倒れている老人の死体を発見した。革ジャンパーを着て、長靴をはき、死体のそばに釣竿《つりざお》やビクが落ちていたことから、寒ブナでも釣りに来て殺されたらしい。ジャンパーのポケットから、身分証明書が見つかり、被害者は、近くの家具工場で働く渡辺晋吉《わたなべしんきち》、五十九歳とわかったが、これも、今度の事件に限り、あまり意味がなかった。犯人は、老人が、渡辺晋吉だから殺したわけではなかったからである。老人が、たまたま、そこにいたのが不運だったのであり、さらにいえば、東京都民の一人だったことが、老人の不幸だったともいえるだろう。

池上署では、すぐさま、周辺の聞き込みを開始した。が、現場から、怪しい人間が立ち去るのを見たという目撃者は、いっこうに見つからなかった。現場近くの土手から、白いカローラが走り去るのを見たという会社帰りのサラリーマンが見つかったが、プレートナンバーは覚えていなかったし、その車が、殺人事件に関係があるという証拠は、どこにもなかった。

## 7

再び、秘書室は、重苦しい空気に包まれた。

午後七時を回り、都庁の建物全体は、ひっそりと静まりかえっている。外は暗く、雨になりそうな気配だった。

小山副知事も、藤原捜査一課長も、さっきから、黙りこくったままである。日高は、ひとりで、石油ストーブの炎を調節したり、お茶を出したりしていた。何もしないでいると、どんどん気が滅入ってくるからだった。

十津川一人が、部屋の隅で、遅い版の夕刊に眼を通していた。

〈都庁前に一万円札の雨〉

といった見出しの記事がのっている新聞だった。バラ撒かれた札束の主が、まだわからないとなっているのは、今度の事件そのものが、まだ公にされていないからである。

公にした時、どんな反響があるか、日高には、想像がつかなかった。新聞は、多分、犯人を精神異常者と書くだろう。だが、都民がすでに二人殺されたことで、東京都や、警視庁が、非難を受けるかも知れない。そして、もっとも恐ろしいのは、犯人が、次に誰を殺すかわからないことだ。そのために、パニックが起きる可能性さえある。

「二十億円などという大金は、われわれには作れんよ」と、小山副知事が、吐き捨てるようにいった。

「また、いくら知事に、一千万都民の生命を守る義務があるからといって、相手は、明らかに精神異常者だ。そんな男にこれ以上、つき合わなければならん義務はないはずだ」

「しかし、このままでいけば、犯人は、間違いなく、三人目の都民を殺しますね」

と、藤原捜査一課長がいった。

「警察は、それを防げんのかね？」

「今の状態では、まず無理ですね。犯人の名前も顔もわからず、次に、どこの誰を殺そうとしているのかもわからんのですから、ガードのしようがありません。それに、警察は、この事件だけにかかわっているわけにはいかんのです。私も、今日は、警視庁に帰らなければなりません」

「帰るって、君、後をどうするのかね？」

小山副知事が、眉《まゆ》をしかめて、藤原を睨んだ。が、藤原は微笑して、

「警察は、この事件を放棄するとはいっていませんよ。十津川君を残して行きます」

「あの男をねえ」

小山副知事は、ジロリと、十津川警部補を見た。その視線を感じたのか、十津川は、新聞に眼をやったまま、大きなクシャミをした。

「信頼できる男かね？」

と、小山副知事が、無遠慮なきき方をしたのは、日高と同じで、風邪をひきっ放しの十津川が、どうにも頼りなく思われたからだろう。

「大丈夫です。彼は、捜査一課でもっとも優秀な刑事ですよ」

藤原捜査一課長は、大丈夫を連発して引きあげてしまった。

日高は、突っ立ったまま、十津川を見た。この見栄えのしない警部補は、本当に、信頼できるのだろうか。

「君は、これから、どうするつもりかね？　君と、そこにいる刑事二人で、犯人を逮捕できるのかね？」

小山が、疑わしげに十津川を見つめた。

十津川は、頭をかきながら、

「とにかく、三人目の殺人は防がなければなりませんな」

「そんなことはわかっているんだよ。問題は、その方法だ。いいかね。さっき、君の上司にもいったが、二十億円は用意できん。その条件で、君は、事件を解決できるのかね？　捜査一課長は、犯人を逮捕することも、三人目の犠牲を防ぐのも難しいといっていたがね」

「確かに難しいですな」と、十津川は、あっさり肯いてから、日高に向って、

「風邪薬をお持ちじゃありませんか？　アレルギー体質なんで、非ピリン系のやつがいいんですがね」

日高は、呑気《のんき》な刑事だなと、舌打ちをしたが、それでも、自分の机を探し、半月前

に買った風邪薬を渡した。

十津川は、礼をいって、その薬を飲んだ。

「どうも、今年の風邪は、しつこくて、かないませんな」

「それより、事件をどうするのかね？　明日の午後二時になれば、また、犯人が電話をかけてくる。二十億円はない。第三の殺人が行われる。君に、それが止められるかね？」

「難しいですな。しかし、ひょっとすると、これで、事件を終りに出来るかも知れません」

「どうやって？　犯人のことは、何もわからんのに」

「確かに、住所も名前も不明ですが、全くわからない人間じゃありません」

十津川は、椅子に座り直し、まっすぐに小山副知事を見つめた。日高は、急に、十津川という警部補が、いやに、自信ありげな男に見えた。

「犯人は、いくつかの特徴を持った男です」

と、十津川は、膝《ひざ》の上に指先を組んで、小山にいった。

「妙に時間に正確な男です。午後二時という時刻に拘っているのは、何か、彼の職業に関係があるのかも知れませんが、今のところ、役に立ちそうもありません。午後は自由になる職業の人間かも知れないが、そんな人間は多いですからね。当座の役には立たんでしょう。第二に、平然と二人の人間を殺しています。どんな凶悪犯でも、殺人を犯したあとというものは、興奮し、声もふるえているものです。ところが、この男は、殺した直後に、わざわざ、われわれに電話で報告して来ています。しかも、平静な声でね」

「それだけ、冷酷非道な男だということだろう？」

「違いますね」

と、十津川は、微笑した。日高は、首をかしげた。どう違うというのか。

小山副知事も、小鼻をふくらませて、

「何が違うのかね？」

「犯人は、冷酷でも、サディスティックでもありませんよ」

十津川は、自信満々にいってから、ハンカチを取り出し、大きな音を立てて、洟《はな》をかんだ。

8

「私は二日間、この犯人の弱点は何だろうかと、そればかりを考えて来ました」と、十津川は、小山副知事にいった。

「それが見つかれば、何とか対等に近い戦いが出来ると思ったからです。今のままでは、受け身で戦うより仕方がありませんからね」

「相手の弱点は見つかったのかね？」

「見つかりましたよ」

「どうも、私には、見当がつかんがね。われわれは、ただ、犯人に翻弄《ほんろう》され続けているように思えるんだが」

「彼の論理性です。それが、犯人の弱点です」

「それが、なぜ、弱点なのかね？」

「彼は、自分の立てた論理に従って行動しています。われわれから見れば、気違いじみた論理ですが、彼は、正しい論理だと確信しているに違いありません。だからこそ、彼は、殺人を、平然と報告して来られるのです。正しい論理に従って、殺人を犯している気だからですよ。彼は、論理的に、一千万都民を誘拐したと信じている。だから、その身代金《みのしろきん》は、東京の最高の責任者である知事が払うべきだ。それを拒絶したのだから、人質を殺すのも止むを得ないし、その責任は、身代金を払おうとしない知事側にある。これ、全て、彼の立てた論理から出ています」

「それが、なぜ、犯人の弱点なのかね？」

「犯人は、自分の論理に縛られているからですよ。それを逆手にとってやれば、彼は、自分で崩れて行く可能性もあります」

「具体的に、どうやるのかね？」

「それは、私に委《まか》せて下さい。これから、下工作をして来なければなりません」

十津川は、部下の刑事を促して、立ち上った。

「どこへ行くのかね？」

「それは、ちょっと申しあげられません。別に、秘密主義で申しあげてるのじゃありません。これから、私がやろうとしていることは、多分、あとになって、問題になると思うからです。その時、責任をとるのは、私一人で十分だから、お話しできないのです」

「すぐ、戻って来るんだろうね？」

「犯人は、時間に正確な男ですから、明日の午後二時まで、電話しては来ないでしょう。それまでには、戻って来ます」

それだけいって、十津川は、部下の刑事と一緒に、部屋を出て行った。

日高と、小山副知事の二人だけが、秘書室に残された。小山は、太った身体で、回転椅子を、ギシギシいわせながら、

「君は、あの十津川という男が、どこへ何しに行ったか、わかるかね？」

と、日高にきいた。

「全く、見当もつきません」

日高は、正直に答えた。無能な刑事という印象はなくなったが、それでも、まだ、十津川を信頼できるところまでは、いっていなかった。

夜半を過ぎても、十津川は戻って来なかった。小山副知事は、腹を立てたらしく、警視庁の藤原捜査一課長に電話したが、返ってきた返事は、十津川を信頼して、彼の思うようにやらせて欲しいというものだった。

とうとう、夜が明けた。

職員が登庁して来る。が、十津川は、いっこうに、姿を現わさない。彼が戻って来たのは、十二時を過ぎてからだった。

十津川は、途中で買ったらしい朝刊を投げ出すと、腕時計を見て、「どうやら、間に合ったようですな」といった。

「本当に、大丈夫なのかね？」と、小山副知事が、不安気に、十津川にきいた。

「身代金は、一円も用意しとらんのだよ。これでも、三人目の犠牲者を防げるのかね？」

「多分、大丈夫です。もっとも、全て、犯人の出方にかかっていますが」

と、十津川は、答えてから、次に、日高に向って、

「今度、犯人から電話があったら、私が出ます」

と、いった。

その電話は、きっかり午後二時に掛って来た。

9

「私は、副知事だ」

と、十津川は、テープレコーダーのスイッチを入れてから、犯人に向っていった。

「それなら、余計、話しやすい」と、犯人は、相変らず、落着いた声でいった。

「身代金二十億円は、用意したかね？」

「身代金？　何のことだね？」

十津川は、笑って、きき返した。横で聞いていた日高は、はらはらした。相手は狂人なのだ。怒らしてしまったら、どんなことをするかわからない。大量殺人でも始めたら、どうするのか。何しろ、犯人は、一千万の都民を、人質にしていると堅く信じている男なのだから。

案の定、相手は怒った。

「頭の悪い奴だな！」と、犯人は、電話の向うで、怒鳴った。

「私は、一千万都民を誘拐したのだ。彼等の運命は、私が握っている。その身代金二十億円を要求しているのだ。払わなければ、人質を一人ずつ殺していく」

「一千万人誘拐か。世迷《よま》い言《ごと》だな。そんなでたらめは、信用できんね」

と、十津川は、相手を突っ放した。

日高は、小山副知事と顔を見合せた。どうやら、十津川は、相手を怒らせようというう気らしいが、怒らせて、どうする積りなのだろうか。もし、相手がこれ以上過激な行動に走ったら、藪蛇《やぶへび》ではないか。

「いいかね。君」と、犯人は、無理に怒りを抑えたといった低い声でいった。

「私は、一昨日と昨日、すでに、二人の人質を殺しているのだ。君が、身代金の支払を拒否すれば、私は、三人目の人質を殺すぞ」

「人質を殺した？　信じられないがね。どこで、誰を殺したというんだね？」

「一昨日は、浅草寺の境内で、和服姿の中年女を刺殺した。それが、殺した人質の一人目だ」

「名前は？」

「知らん。一千万人の人質の中の一人なのだ。名前までは、いちいち覚えておらん」

「じゃあ、私が名前を教えてやろう。鈴木徳子。三十六歳だよ。君は嘘つきだ」

「嘘つき？」

「今朝の新聞を読まなかったのかね？」

「何のことだ？」

「どうやら、まだ読んでいないようだから、私が読んであげよう。よく聞きたまえ」

十津川は、片手で、朝刊を取りあげると、社会面の記事を声を出して読みはじめた。

「十月二十六日の夕方、浅草寺境内の暗がりで、背中を刺されて殺されていた台東《たいとう》区千束《せんぞく》×丁目の主婦、鈴木徳子さん（三六歳）の事件を捜査していた浅草署は、住所不定坂口五郎《さかぐちごろう》（二八歳）を逮捕し、取調べたところ、坂口は、金欲しさから、徳子さんを殺したことを自供した。どうだね？　私が嘘つきというのも無理がないだろう」

日高は、あわてて、近くにあった朝刊を手に取り、社会面を広げた。

十津川のいう通りだった。犯人坂口五郎の顔写真まで、ちゃんと載っているのだ。

電話の向うでも、誘拐犯人は、一瞬、息をのみ、それから、ガサガサという音が、電話線を伝わって聞こえてきた。どうやら、犯人も、新聞に眼を通しているらしい。

「これは、何かの間違いだ」と、犯人が、甲高い声を出した。

「私が殺したんだ。人質としてだ」

「信じられないね」

十津川は、あくまでも、そっけなく、いい返した。

「じゃあ、昨日の殺人を見ろ。私は、二人目の人質として、昨日の夕方、丸子多摩川の河原で、釣り支度《じたく》の老人を殺した」

「その事件も、今朝の新聞にのっているよ。読んでやろう。十月二十七日の午後六時頃、多摩川の河原で、刺殺されていた大田《おおた》区田園調布《でんえんちょうふ》二丁目に住む渡辺晋吉さん（五十九歳）の事件を調べていた池上署は、大田区東雪谷《ゆきがや》三丁目福寿荘に住む吉田《よしだ》英雄《ひでお》（三十二歳）を逮捕し、取調べたところ、殺人を自供した。調べによると、吉田は、二十七日、釣りに行って、偶然、渡辺さんと出会ったのだが、些細なことから口論となり、カッとなった吉田が、釣り糸を切るために持っていたナイフで、背中から刺し殺したのである。犯人吉田英雄の顔写真まで、ちゃんとのっているよ」

「これは、何かの間違いだ！」

電話の向うで、犯人が怒鳴った。明らかに、昨日までのあの平静さを失ってしまっている。

「二つも間違いが続くものかね」と、十津川は、いった。

「しかも、殺人事件でだよ。結論は一つしかない。君が嘘をついているということ。他人がやった殺人事件を利用して、一千万都民を誘拐したなどというもっともらしいことをいって脅迫しても、君のいうことが嘘っぱちでは、一円の身代金も払うことはできないね。理屈に合わないからね」

「私は、一千万都民を誘拐したんだ」

「その証拠は？　証拠がなければ、身代金は払えないよ」

「私は、いつでも、好きな時に、人質を殺すことが出来る。これが誘拐の証拠だ」

「しかしねえ。君が殺したという人質二人については、いずれも、真犯人が逮捕されているんだよ」

「でっちあげだ」

「でっちあげが、二つも続くのかね。しかも犯人の顔写真までのっているんだよ」

「殺したのは、私だ」

「君が殺したという証拠は？　それがなければ、身代金を払うわけにはいかんね」

「殺したのは、私なんだ。人質として殺した。だから、殺した時の状況は、一番よく知っている」

犯人は細々《こまごま》としゃべりだした。

近くの電話で、逆探知を依頼していた吉牟田《よしむた》刑事が、十津川に向って、ＯＫのサインを送った。気がついてみると、十津川と犯人は、すでに十五、六分、電話でやり合っているのだ。

吉牟田刑事が部屋を飛び出して行ったあとでも、犯人は、電話口で、殺人をやったのは自分なのだと、くどくどと話していた。

「――これだけ、細かいことを知っているのは、私が殺した証拠じゃないかね？」

「殺人の模様ぐらいは、ミステリィを読めば書いてあるさ。第一、二つの殺人は、浅草寺と、丸子多摩川といった、ひどく離れた場所で起きてるんだ。君が一人でやれるはずがない。私は、新聞の記事の方を信じるね」

「車だよ。車を使ったんだ。二十六日は、四谷《よつや》三丁目から、浅草寺まで車を飛ばして——」

突然、犯人の声が途切れ、そのあと十二、三分の空白があって、今度は、聞き覚えのある吉牟田刑事の声が、受話器に飛び込んで来た。

「今、犯人をつかまえました。名前は、河崎秀太郎《かわさきひでたろう》。三十九歳です。住所は——」

「四谷三丁目か」

「そうです。近所の人の話では、司法試験に五回も落ちて、少し、精神に異常をきたしていたようです」

## 10

「事件は、終りました」

と、十津川は、受話器を置いてから、小山副知事に向って、微笑した。

「君を見直したよ」小山副知事が、溜息まじりにいった。

「捜査一課長がいったように、優秀な刑事だ」

「ありがとうございます。犯人が、自分の作った論理にしがみついていてくれたので、私の下手な細工が成功しただけのことです。相手は、自分の論理がこわれかけたと思って、自滅してくれましたからね？」

「細工というと、この新聞報道は、嘘なのかね？」

「私が、昨夜、浅草署と池上署に行き、無理矢理、犯人逮捕の発表をして貰ったんです。これこそ、でっちあげです。恐らく、これは問題化するでしょうな。いかに、第三の殺人を防ぎ、犯人を逮捕するためとはいえ、ニセのでっちあげニュースを流したんですから。まあ、覚悟は、出来ていますが」

十津川は、他人事《ひとごと》のような調子でいい、こっそりと、椅子から立ち上った。

「この記事が、でたらめだとすると、ここに出ている犯人の坂口五郎と、吉田英雄の二人は、どうなるんですか？」

と、日高は、部屋を出て行こうとする十津川にきいた。

「もちろん、架空の人物ですよ。実在の人物を、犯人には出来ませんからね」

「しかし、写真が？」

と、日高がきくと、十津川は、無精ひげの濃くなった顔で、ニヤッと笑った。

「それは、警視庁自慢の合成写真《モンタージュ》ですよ」

# 白い殉教者

# 1

都会にしては、妙に静かな夜だと思っていたら、案の定、夜半近くから大雪になりました。それも、風に舞う粉雪といった勇ましいものではなく、暗い夜空から、大粒のぼたん雪が音もなく降ってくるといったどこか物憂い雪なのです。

雪の夜というのは、どうしてこう静かなのでしょうか。たまに、バサッ、バサッと、夜の静けさを破る音がするのは、電線や枯枝に積った雪が、雪自身の重みに耐えかねて落下していくのです。その音さえも、静けさをかき乱すというよりも、助長するように聞こえます。

昔の刑事は、よくこんな夜は血がドクドク流れるような惨劇が起きそうな胸騒ぎがしたといいますが、今の若い刑事だって、こんな底深い雪の夜は、嫌な予感に襲われることがないとはいえないのです。

私がそうなのです。私の名前は、前田利夫《まえだとしお》。三十二歳。平凡な平刑事です。死んだ親父も刑事でしたが、今夜のような妙に静かな雪の夜とか、逆にじっとりと粘りつくようなむし暑い夏の夜には、きっと何か大きな事件が起きるぞといったものです。それが奇妙に適中して、子供だった私を驚かせたものでしたが、その親父のあとをついで刑事になり、親父と同じように予感を信じるのですから面白いものです。

その夜、私は、非番で、自分のアパートにいました。二年前に結婚した妻の靖子《やすこ》が、姉の出産の手伝いに仙台へ行ってしまって、私一人でしたが、夜半にふと目覚めてトイレに立ったとき、カーテンのすき間から見た夜の闇《やみ》の中に、音もなく降りしきる雪を眼にしたのです。

ひどく底冷えのする夜でした。私は眠れなくなって、布団の中で腹這《はらば》いになり、灰皿を引き寄せました。この東京という馬鹿でかい街のどこかで、今頃、途方もない犯罪者が殺意の牙《きば》を研いでいるのではあるまいか、あるいは、もう殺人をすませて、無残な死体の傍でナイフについた血のりを拭《ふ》き取っているのではないだろうか、そんなことが頭にちらついてしまうのですから刑事というのは因果な商売です。

十時半頃に降り出した雪は、翌日の午前四時頃には止みました。夜が明けてから、窓の外を見ると、文字通り一面の銀世界です。私の部屋は四階にあるのですが、いつもの窓の外の景色ときたら、都会の汚さの典型のようなもので、高価すぎて買手のつかない眼の下の空地には、脚のおれた机や、ドアの閉まらない電気冷蔵庫などが捨てられているのですが、今朝は、それも、深い積雪の下にかくれて、ぼんやりと形がわかるだけになっています。それに、いつもはちぐはぐな色の家々の屋根も、今朝は白一色に統一されてしまっていました。まだ街灯が消え残っていて、その青白い水銀灯の明りの下で見たせいか、一層夢幻的な美しさに満ち、私は、不吉な予感のことをつい忘れ、しばらくの間、白い息を吐きながら見とれていました。しかし、この時すでに、この大東京のある場所で、ある人間が、邪悪な計画の第一歩を踏み出していたのです。

## 2

H公園というのをご存じですか。有楽町《ゆうらくちょう》の近くにあって、日本最古の本格的なパブリックパークだといわれています。面積はさして広くありませんが、東京の中心地区にあるせいか、近くの官庁街やビジネス街で働くサラリーマンたちの憩いの場所になっています。桜田門《さくらだもん》の警視庁からもそう遠くないので、私も事件のない時、何回か昼休みの散歩を楽しんだことがあります。

私は出勤する時、有楽町からH公園の中を抜けて行くことがよくあります。その方が楽しいからです。映画で見る外国の公園のように広くもありませんし、リスが走り廻っているような野性味もありませんが、それでも、小さな花壇に四季の移り変りを感じ取ったり、この公園に居ついてしまった鳩《はと》の群れを見たりするのは、都会の生活以外知らない私には楽しいのです。

昨夜、よく眠れないままに朝早く眼ざめてしまった私は、いつもより二時間早く出勤のために電車に乗ってしまいました。時には、ラッシュを避けた時間に出勤したいという気持もありましたが、人が踏み荒らさないうちに、H公園の雪景色を眺めたかったからでもあります。自分でも呆《あき》れるのですが、私には、三十歳を過ぎているのに、妙な子供っぽさがあるのです。

有楽町から公園までの舗道は、まだ朝の七時だというのに、早くも車に踏み荒らされて、せっかくの雪が泥濘《でいねい》に変ってしまっていました。雪の美しさというのはひどく脆《もろ》いものだなと思いながら、H公園の入口にたどり着きました。

さすがに、H公園の中は白一色、といいたいのですが、一台の自動車のタイヤの跡が深い積雪の中に長々とついていて、私をがっかりさせました。公園の入口には車止めがあるのですが、破損していたためか、車が通り抜けていて、やはり、処女雪を荒らされたような気になりました。二条のタイヤの跡は、二〇センチ近い積雪の上に、くっきりと黒い痕跡《こんせき》を残していましたが、その横に、靴の足跡もついています。私も、ゴム長をキュッキュッといわせながら、タイヤの跡に沿って歩いて行きました。

七時を過ぎたばかりなので、公園の中に人の気配はありません。二条のタイヤ跡にはがっかりしましたが、それでも、人気《ひとけ》のない白一色の公園を歩くのは気持のいいものです。

ところが、タイヤの跡は、公園の中央にある野外音楽堂の方に延びています。私は、はてなと思いました。公園の中を斜めに通り抜けている道路から、明らかにそれているからです。深い積雪のために、道路の芝生との境目がわからなくなっていましたから、運転を誤ったのだろうと思いながら、何となく音楽堂の近くまで歩いて行くと、前方に、一人の男が佇《たたず》んで、音楽堂の舞台を見つめているのに気がつきました。タイヤの跡と並行してついていた足跡は、その男のものだったのです。タイヤ跡の方は、どうしたわけか、そこでプツンと途切れてしまっています。

私のゴム長が、積雪を踏みくだく音に気づいたのか、その男がくるりと振り向きました。私は、その顔に見覚えがありました。このH公園の管理事務所の職員です。去年の秋に、公園の中のテニスコートで傷害事件が起き、私が調査に行ったときに知り合ったのですが、向うも、私の顔を覚えていたとみえて、「刑事さん」と声をかけてきましたが、私が驚いたのは、その初老に近い管理人の顔が、まっ青だったことです。頬《ほお》のあたりが引きつっているのです。

「刑事さん。あそこで、人が死んでます！」

と、管理人は、叫んで、私に舞台の方を指さしました。

前方に、直径一〇メートルぐらいの屋根つきの舞台があります。イタリアから大理石を取り寄せて作ったという立派なもので、円形舞台の周囲は芝生になっています。もちろん、今日は、その芝生も一面の銀世界です。この舞台では、警視庁音楽隊が、昼休みのサラリーマンやＯＬにサービスしたり、フォーク大会が開かれたりします。

その大理石の舞台に、確かに人間らしいものが、仰向けに寝た形でのっかっているのです。それも、どうやら裸の女のようです。

「見て下さい。胸にナイフが突き刺さっています」

と、管理人が、ふるえる声でいいました。

その通りでした。むき出しの乳房の下のあたりに、短刀の柄の部分が、突き立っているのです。

「最初は、寝ていると思ったんです。この雪の日に、裸で寝ているなんて妙だなと思いましたが、銀座《ぎんざ》や新橋《しんばし》あたりで酔っ払って、ここの公園で寝込んじまう人もありますからねえ」

と、管理人は、どもりながら説明してくれました。彼も、雪景色の公園に入って来たところ、タイヤの跡が野外音楽堂の方に向って続いているので不審に思い、ここまで歩いて来たところ、タイヤの跡は途切れていて、音楽堂の舞台の上に、まっ裸の女が乳房の下を刺されて死んでいたのだといいます。

私は、もう一度、舞台に眼をやりました。私と管理人の立っているところから舞台までは、約七、八メートルの距離です。そこから先は、タイヤの跡もなく、文字通り白一色でした。

私と管理人は、その雪を踏んで舞台の方へ歩いて行きました。

近づくにつれて、若い女だということがわかって来ました。手足を大の字に広げて死んでいたのです。短刀の突き刺さったところからは、血が流れ出し、それはすでに乾いて赤黒く変色してしまっていました。

「誰が、こんなひどいことを――」

と、管理人が呟《つぶや》きました。

大理石造りの舞台は、地面から二メートル位《くらい》の高さで、石造りの階段がついています。屋根がついているのですがその階段のあたりは、雪が積っていました。私は、滑らないように用心しながら階段をあがりました。

裸の女は、円形舞台の真ん中に倒れています。二十歳前後の若い美しい女です。両足を大きく広げているので、内股《うちまた》や恥毛まではっきりと見えます。なぜ、こんな恰好《かっこう》で殺されたのかと首をひねりながら、私は死体の傍にかがみ込んだのですが、その時になって、どうも変だぞという気がしてきました。

## 3

第一に、右の乳房のすぐ下を短刀でえぐられて死んでいるのに、女の顔は、ニッコリと笑っているのです。それも、ただ笑っているのではありません。流し目を使い、明らかに媚《こ》びた笑いと見えるのです。苦悶や、驚愕《きょうがく》の表情の全くない他殺死体を見たのは、初めてです。もう一つの疑問は、肌の色です。青酸死の場合なら、死後、肌の色の美しい淡紅色になりますが、刺されて死んだ場合は青白くなるものです。それなのに、この死体は、桃色で実に生々《いきいき》した肌の色をしているのです。

（ひょっとすると――）

と、思い、あわてて身体に触れてみると、案の定でした。

「こいつは、人間じゃない。蠟人形《ろうにんぎょう》だ」

と、私は、まだ蒼い顔をしている管理人にいいました。

管理人は、えッという顔になり、私にならって屈んで、乳房をつまみあげようとしましたが、つるりと指を滑らせてしまい、

「確かに、これは、蠟で出来た人形ですね」

と、顔を赧《あか》くしました。

「くそッ。こんな人騒がせをしやがって！」

管理人は、大きな舌打ちをしましたが、私は、不思議に腹が立ちませんでした。それほど、精巧に作られた蠟人形だったからです。手で触れなければ、眼を近づけても、本物の人間としか思えない出来栄えなのです。豊かな頭髪も、一本一本ていねいに植毛されたうえカールされています。腋《わき》の下の毛や、下腹部のあの毛さえ、同じように一本一本植えつけてあるのです。眼のうるみ具合から、乳首の赤みまで微妙に作られているのですから、舞台から七、八メートル離れた場所で見た管理人が、本物の他殺体と間違えたのも無理もありません。

「それにしても、よく出来ていますねえ」

私の横で、管理人が感心しています。腹立ちが納まってから、蠟人形の見事さに驚きはじめたのでしょう。

私は、愛用のセブンスターに火をつけてから、

「どうも、この人形は、誰かに似ているような気がして仕方がないんだが――」

と、管理人の顔を見ました。さっきからそれが気になって仕方がなかったからです。

「誰かにって、中原《なかはら》まゆみでしょう？」

と、管理人は、いとも、あっさりといい、私がその名前を思い出さなかったのが不審で仕方がないという顔をしました。そんな顔をされても仕方がなかったかも知れま

せん。中原まゆみといえば、今売出し中の女優だったからです。確かに、彼女にそっくりの人形なのです。

「新人女優への近道」という別名のあるミス・ジャパンから女優になった中原まゆみは、清純なエロチシズムを売りものに、特に学生層にファンが多いと聞いたことがあります。彼女のヌードを売りものにした映画があったように覚えていますが、私は、あまり映画を見たことがないので、はっきりしたことはいえません。テレビドラマにもよく出ていて、この方は、私も見たことがありました。確かに、あの中原まゆみにそっくりです。というより、彼女そのもののように、よく似ています。

背後で、人声がしたので振りかえると、いつの間にか、五、六人のヤジ馬が集まって、舞台の方を眺めています。私は、管理人に、警視庁へ電話してくれるように頼んでから、人形の下半身を自分の上衣で蔽《おお》いました。かくしてやりたいほど、生々しい出来ばえだったからです。

同僚の吉村《よしむら》刑事が、車でやってきてくれたのは、十二、三分してからです。吉村刑事も、蠟人形の精巧さに感嘆していましたが、人形は、ひとまず、車にのせて警視庁に運ばれ、中庭にある物置きにしまわれました。そのあとで、この悪戯が、どんな罪を形成するのかということで、ちょっと議論になりました。

中原まゆみの所属するプロダクションなり、映画会社なりが宣伝にやったことなら、少しばかりあくどいのでお灸《きゅう》をすえてやろうということになったのですが、どうやら、そうではないようです。個人が、勝手にあの蠟人形を野外音楽堂に放置したのだとすると、乳房の下に突き刺さっていた短刀もオモチャでしたから、せいぜい軽犯罪法に触れるぐらいのものでしょう。問題は、あの人形のモデルになったと思われる中原まゆみが、誰かに脅迫されている場合です。脅迫の手段の一つとしてこの事件が引き起こされたのだとしたら、当然、私たち捜査一課の仕事になります。

新宿のN劇場に出演している中原まゆみと、プロダクションに問い合せが行われましたが、返ってきた返事はいずれもノーでした。とすれば、悪戯犯人を捜し出す仕事は、私たちの仕事ではなくなるのです。

それが結論でしたが、私は、なぜか、この悪戯事件が気になって仕方がありませんでした。何か恐しい事件の幕あけのような気がするのです。といって、捜査一課の刑事の私が動くわけにはいきません。思いあぐねたあげく、私は、彼に電話することに決めたのです。

徳大寺京介《とくだいじきょうすけ》。それが彼の名前です。彼のことを考える度に、私は、畏敬《いけい》と嫉妬《しっと》の二つの感情に支配されてしまうのです。私と同じ三十二歳なのに、二十代の若々しい体力と、はるかに老成した知恵の持主だからです。

大学で、私は徳大寺と一緒でした。同じ法学部に籍を置いていたのですが、その頃の徳大寺は、頭が切れ過ぎて、どこか嫌味な若者でした。囲碁クラブに一緒に入ったことがありますが、彼の碁は、トコトンやっつけて、喝采《かっさい》を呼ぶようなところがありました。私も何度か手合せをして、その度に叩《たた》きのめされましたが、あまり後味はよくありませんでした。自分の強さに酔っているようなところがあったからです。普通の話をしていても、徳大寺の才気に圧倒されて、息が詰まりそうになるのです。彼の才気は認めても、尊敬はできませんでした。

その徳大寺が、大学三年の秋、突然、学校をやめ、私たちの前から姿を消してしまったのです。その原因が、異母兄の自殺にあったらしいとわかったのは、かなり後になってからのことです。私は、この異母兄に会ったことがありましたが、徳大寺によく似た、才気がギラついているような人でした。自分に似た異母兄の突然の自殺が、徳大寺にとって、ショックだったのでしょう。

外国へ渡ったらしいという噂《うわさ》だったので、私は、アメリカかフランスあたりに遊学したのだろうと考えていたのですが、彼は、なんと、東南アジアからインド、パキスタンと、放浪の旅を続けていたのです。その間、僧侶《そうりょ》として、数年間、修行をしたこともあったようです。

二年前、十年ぶりにふらりと日本へ帰ってきた徳大寺は、別人のように変っていました。青白く、いかにも秀才の匂《にお》いを感じさせた面長の顔は、逞《たく》しく陽焼けし、ギラついていた才気は、深く沈潜してしまっているのです。彼は、よく笑い、馬鹿なことも平気でいうようになっていましたが、その表情の奥に、私は、満々たる人生に対する自信を感じとったのです。

徳大寺は、帰日してから、「バハイ」というミニコミ雑誌を始めました。ヒンズー語で、同胞を意味するのだそうで、若者たちに人気があるようですが、刑事の私には興味はありません。私が関心があったのは、徳大寺の素晴らしい洞察力《どうさつりょく》でした。プロの刑事が、こんな打明け話をするのはどうかと思いますが、難しい事件にぶつかった時、何回か、彼の知恵を借りたものです。

私は、彼のアパート兼雑誌編集室に電話し、会ってくれるように頼みました。

4

約束したH公園近くの喫茶店「ランボー」で待っていると、ガラス越しに、雪道を歩いてくる徳大寺の姿が見えました。一九〇センチという長身と、孤独な翳《かげ》のせいか、私は彼を見るたびに、なぜか、マサイ族の戦士を連想して仕方がないのです。アフリカ大陸にいる原住民の中で、もっとも精悍《せいかん》だといわれるマサイ族です。といって、私は、アフリカへ行ったことも、まして、マサイ族の人間に会ったこともありません。

私は、アフリカを描いた記録映画の中で、ほんの数秒間、広大なアフリカの砂漠をひとりで歩いて行くマサイの青年の姿を見たに過ぎません。しかし、その瞬間のマサイの姿が焼きついて、いつも、徳大寺の痩身《そうしん》とダブってしまうのです。映画の中のマサイの青年は、カシの木に似て背が高く、まっすぐに前方を見つめ、ただ一ふりの槍を手にして荒涼とした砂漠を歩いて行くのです。白人の観光客が、物珍しげに彼を見ると、マサイの青年の方は、逆に、哀れむように、カメラをぶら下げ、ぶよぶよと太った観光客を見下していました。素足で砂漠を歩く彼の褐色の顔には、マサイの戦士としての誇りがみなぎっていたのを覚えています。

あのマサイの青年に、徳大寺は、よく似ています。

徳大寺は、風のようにするりとドアをあけて入ってくると、まっすぐに私の座っているテーブルにやって来ました。

「また君の力を借りたいんだ」

と、私は、単刀直入に頼みました。彼の前では、持って廻ったいい方は、ただ時間のムダでしかないからです。徳大寺は、黙ってニコニコ笑っています。

「今朝、H公園の野外音楽堂で、裸の蠟人形が見つかったんだ。乳房の下に短刀が突き刺さっていた」

と、私は、手短かに事件を説明しました。徳大寺は聞き終ると、特徴のある深い眼

で私を見て、

「面白い事件だね」

と、いいました。

「ただ面白いだけかね？　おれは、何か恐しい事件が起きる予告のような気がして仕方がないんだ。だから、君に話したんだ」

「君の予感は当っているかも知れないが、その前に教えて貰いたいことがあるね」

「全部、話したつもりだがな」

「血のことはまだだよ」

「血？」

「乳房の下に短刀が刺さっていて血が流れていたんだろう？」

「ああ。そうだ。だが、それは絵具だよ。短刀だってオモチャなんだから」

「それは確めたかね？」

「確めてはいないが、人形だからねえ」

「いや。もう一度、調べた方がいいね。もし、本物の人間の血だったら、血液型も調べて欲しい。僕が乗り出すのは、それからにしたいんだ」

徳大寺に自信を持っていわれると、私は、あの人形の胸に流れていた血が、急に本物の血らしく思えてきました。

私は、彼を連れて警視庁に戻りました。驚いたことに、中庭の物置きの前は、戦争のような騒ぎになっていました。人気女優の中原まゆみそっくりの蠟人形、しかも、胸に短刀が突き刺さっていたというので、芸能週刊誌や女性週刊誌が、押しかけて来たのです。あの等身大の蠟人形は、雪の溶けたコンクリートの地面に仰向けに寝かされ、カメラのフラッシュが、次々に焚《た》かれます。いいアングルを見つけようとして、カメラマンの間で小ぜり合いが生れたくらいです。私と徳大寺は、その激しい騒ぎに辟易《へきえき》して、遠くからしばらく眺めていましたが、可哀そうだったのは、説明役に引っ張り出された同僚の吉村刑事です。同じことを何回もいわされて、寒いのに汗をかいていましたが、記者の中に、血のことを質問した者は一人もいませんでした。私と同じように、人形、オモチャの短刀とくれば、自然に血は絵具と考えてしまったからだと思います。

一時間近くかかって、取材合戦が終り、やっと彼等が引きあげたあと、私は、鑑識に頼んで人形に付いている血を採取して調べて貰いました。

結果は、徳大寺の推測どおりでした。血は本物の人間の血で、血液型はB型という報告なのです。電話で、中原まゆみのプロダクションに問い合せてみると、彼女の血液型もB型でした。

「驚いたよ、君のいった通りだ」

と、私は、正直に彼に頭を下げました。

「悪戯《いたずら》の犯人は、なぜ、こんなことまでしたんだろう？　驚かすことが目的なら、絵具で十分間に合うはずだ」

「悪戯という言葉は、どうも不適当のようだよ」

徳大寺は、いつもの穏やかな調子でいってから、

「あの人形を、ゆっくりと見てみたいね」

「まだ他に不審な点があるのか？」

「いや。本物の血まで使った蠟人形を、じっくり眺めたいんだ。さっきは、記者さんたちの頭越しだったのでね」

徳大寺がいうので、私は、彼と一緒に中庭の物置きに入ってみました。もう周囲は薄暗くなっています。

もちろん、物置きの中も薄暗かったわけですが、そんな薄明の中で、壁に立てかけてある蠟人形を見たせいか、私は、その凄艶《せいえん》さに、一瞬、ぎょッとしました。若い警官が、人形を出したり入れたりしている間に、髪の毛が乱れて額のあたりにへばりつき、そんな顔の人形が、暗がりの中でニッと笑いかけてきたように見えたのです。

「これは素晴らしい」

と、徳大寺が、私の横で、小さく感嘆の声をあげました。

「僕はね。文楽の名人が、人形というものは生身の人間以上に色気があるものだと話すのを聞いたことがあるが、確かにその通りだね。この蠟人形には、不思議な色気がある。それも、若い娘の清純な色気というんじゃないね。崩れた色気というやつだな。もっと突き放したいい方をすれば、近づく男を堕落させる罠《わな》のような色気というんだろうね。しかも、女自身はそれに気付いていない」

「おれには、そんな難しいことはわからん」

と、私は、苦笑してから、

「音楽堂の舞台にあった時のように、仰向けに寝かせてみよう。その方が参考になるからな」

と、蠟人形に手をかけると、徳大寺は、「そのままにしておいてくれ」と、私を止めました。

「なぜ？」

「今、ふと思いついたんだが、犯人は、この人形を立たせて眺めていたんじゃなかろうか。仰向けに寝かせて眺めていたとは思えないからね。美しい人形を作って、それを抱いて寝る男の話を聞いたことがあるが、手足を大の字にひらいた蠟人形では、抱くのは無理だ。第一、蠟人形は、もともと眺めて楽しむものだよ。とすれば、この蠟人形は、十中八、九立てて眺めていたのだ」

「しかし、このポーズは少し奇抜すぎないか？」

「エロチック過ぎるかね？」

「というよりも、不自然なポーズだよ」

「かも知れないな。それに、この作者は、ただ単に美しく作ろうとしたんじゃない。そこが面白いね」

「それは、どういうことだね？」

「例えば腹のあたりをよく見たまえ。明らかにたるみが見える。ただ美しく作ろうとしたのなら、こんなたるみはつけなかったはずだよ」

確かに徳大寺のいう通りでした。仰向けにしていた時は、上から光が当っているので陰影がはっきりしなかったのですが、立ち姿になっていると、臍《へそ》のあたりの微妙なたるみがよくわかるのです。

「すると、君は、人形の作者が、美しく作ろうというよりも、リアルに、ということは、モデルの中原まゆみに出来るだけ似た蠟人形を作ろうとしたというんだね？」

「その通りだよ。ライターを貸してくれないか」

と、徳大寺はいい、私が差し出したライターを点火して、その明りで、人形の太股《ふともも》の付け根のあたりを照らしました。いやでも、本物そっくりに植毛された恥毛が黒々と眼に入ってきましたが、徳大寺が指さしたのは、左太股の内側につけられた黒い点でした。

「さっきから気になっていたんだが、これは単なるシミじゃないよ。明らかに、ホクロのつもりで、作者が書き込んだものだ。問題は、このホクロが単なる遊びとして作者が書き込んだのか、それともモデルになったと思われる中原まゆみの身体の同じ場所に、同じようなホクロがあるかということだよ。もし、後者だとしたら、人形の作者は、彼女とかなり親しい人間だということになるはずだ」

5

「しかしね。犯人は、なぜ、本物の血なんか使ったのかな？　それも、偶然かも知れないが、中原まゆみと同じ血液型だというのは？」

私がきくと、徳大寺は、珍しく難しい顔になりました。「一種の完全主義者――」と彼はポツンといいました。

「かも知れないな」

「しかし、短刀の方はオモチャだよ。完全主義者なら、短刀も本物を使うんじゃないかね？」

「そこが、僕にもわからないんだよ」

「君でも判断のつかないところがあるのか？」

私がきくと、徳大寺は、クスッと笑って、

「この世の中は、わからないことだらけだよ。だから面白いんだがね」

「警察にいるおれの立場から考えると、短刀をオモチャにしたのは、用心深さからだとしか思えないね。本物の短刀を使えば銃砲刀剣類所持等取締法違反で逮捕されるからね。いかに精巧でも、人形とオモチャの短刀なら、悪戯で押し通せる。違うかな」

「今のところは、僕にも、それくらいしか考えられないよ。ただね、それなら、血も絵具でいいわけだ。むしろ、絵具の赤さの方が、本物より人間を驚かせる効果は強いはずだ。それなのに、乾くと変色しやすい本物の血を使っていることに、僕は嫌な予感を感じるんだがね」

徳大寺のいい方は穏やかでしたが、私は、彼の言葉を信用しました。彼の感覚の鋭さを知っていることもありましたが、私自身も、刑事として、不吉な予感を持っていたからでもあります。

私たちは、物置きを出て、警視庁の地下にある喫茶室に行きました。

「嫌な予感というのを、もっとくわしく話してくれないかね」

と、私は、コーヒーを注文してから、徳大寺にいいました。彼は、ゆっくり煙草に火をつけました。先日会ったときは確かハイライトだったのに今日はロングピースです。昔の徳大寺は、煙草はケント、コーヒーはブルー・マウンテンと決めていて、それ以外は飲まないような堅さがありましたが、東南アジアの放浪から帰って来てからは、何でも吸うし、飲むように変っていました。「味音痴になったよ」と、笑っていますが、私は、そこに、小さなことにこだわらない大らかさを感じるのです。

「僕は、二つの面から嫌な予感を感じるのだよ」

と、徳大寺は、いいました。

「一つは、あの蠟人形を作った人間の異常な性格についてだ。異常な感覚といってもいい。僕は、中原まゆみを知らないが、どうも作者は、彼女の欠点をむき出しにするように作りあげたとしか思えないんだ。相手は女優だ。それをモデルにする以上、美しく作りあげようとするものだと思うのに、腹にたるみをつけたり、明るいというより、媚びを感じさせる笑顔にしてしまっている。それが、作者のモデルに対する愛情を示しているのか、憎悪を示しているのか。愛情だとしたら、ひどく屈折した愛情だろうね」

「もう一つは？」

「蠟人形を、野外音楽堂の舞台に置き捨てて、君たちを驚かせた人間の行動の異常さだよ。この二人が同一人だったら、同じことが重なるわけだから、一応、別人と考えて話を進めるよ。さっきもいった通り、本物の血を使ったり、オモチャの短刀を使ったり、一見、メチャメチャに見える行動の理由は、一体何なのか。また、あれほど精巧な蠟人形を作るには、多くの日数と、金がかかったはずだ。それを、音楽堂の舞台に放り出しておいたのは何のためなのか。ところで、公園の入口から野外音楽堂の近くまで、雪の上にタイヤの跡がついていたといったね？」

「ああ。幅から考えて、一〇〇〇CCクラスの車だな。犯人は、雪が止《や》んだあと、車で運んで来て、蠟人形を舞台の上に置いたんだ」

「雪が止んだ後でというのは？」

「タイヤがつけた溝の中に、雪が積った形跡がなかったからだよ。だから、雪が止んだあとで、車で運んで来たと考えたんだ」

「タイヤの跡の消えた地点から、舞台までの距離は測ったのかい？」

「念のため、測ってはおいたよ」

私は、手帳を取り出して、簡単な図を書いておいた頁を開きました。

「舞台の端までの距離が七メートル丁度《ジャスト》だった。蠟人形があったのは、円形舞台の中央だから、一二メートルになる。しかし、それが何か意味があると思うのかね？」

「かも知れない。丁度七メートルというのが気になるね。犯人は、車をどこにでも止められたはずだ。野外音楽堂の舞台に横付けすることも出来たのに、きっちり七メートル離れた地点に止めているからね」

「おれは、たいした意味はないと思うね。偶然、車を止めた場所が、きっちり七メートル離れていたんじゃないかな。そんなことより、おれは、雪のおかげで一種の密室が出来ちまっていることの方が気になるんだよ。タイヤの跡が消えた場所から、舞台までは、雪の上に足跡一つなかったんだ。棒を突いた跡もない。蠟人形を投げるのには、距離があり過ぎる。一種の雪で構成された密室じゃないか」

と、私がいうと、徳大寺は、びっくりした顔になって、「え？」と、私を見るのです。

「どこに密室があるんだって？　密室なんて、どこにもないじゃないか」

「どこにって、ここにさ」

と、私が手帳に書いた図を見せたとき、吉村刑事が喫茶店に入って来て、私を呼びました。

「殺人事件だ。あの蠟人形を作った工房で、人形作りが殺された」

6

不吉な予感は、不幸にも、もう適中したのです。

私と吉村刑事は、すぐ、渋谷《しぶや》にある蠟人形工房に向いましたが、徳大寺にも同行して貰《もら》いました。吉村刑事も、彼とは顔なじみになっていましたから、むしろ、歓迎の表情でした。去年の夏、危うく迷宮入りしかけた連続人妻殺しを、徳大寺が見事に解決して以来、彼は、捜査一課では客員扱いをされているのです。

「殺されたのは、どんな人間なんだ？」

と、私は、車の中で、吉村刑事にききました。徳大寺は、いつものように後の席で、黙って、眼を閉じて聞いています。

「おれもくわしくは知らないんだが、高見沢工房《たかみざわこうぼう》という東京にはただ一つの蠟人形を作る店らしい。人形作りは、二名いて、殺されたのは、松林周平《まつばやししゅうへい》という三十五歳の男だということだよ」

「あの蠟人形を作った男なのか？」

「それは聞いていない」

と、吉村刑事が首をふりました。車の外は、もう完全に夜の気配です。道路の雪は、車にふみくだかれて、醜《みにく》く汚れてしまっていますが、家々の屋根に残った雪は、まだ白いままです。青白い月が、残雪を照らしています。その景色は美しいはずなのに、奇妙な蠟人形事件に、本物の殺人事件が重なったせいか、私の眼には、蒼ざめた死の世界のように見えました。

渋谷と聞きましたが、着いてみると、渋谷の繁華街からかなり離れていました。盛り場というのはどこでもそうですが、ある一角には、デパートや銀行、映画館などがひしめき合い、ネオン街がそれに続いていますが、一歩裏通りに入ると、あっと驚くほど、暗くて何もない寂しいものです。渋谷も同じで、宇田川町の方向に五、六分も走ると、ネオンもなく、通行人の姿もほとんどありません。

高見沢蠟人形工房も、暗い場所にありました。二階建ての四角い建物で、一階に作業場、二階が事務室になっています。私たちが着くと、先に来ていた渋谷署の刑事が案内してくれました。

作業場に入ったとたんに、私は、激しい蠟《パラフィン》の匂いに圧倒されました。蠟の匂いは嫌いではありませんが、これくらい強力になると辟易します。

作業場の隅には、出来あがった様々な蠟人形が並べてありました。裸の女の横に、ケネディが笑っていたりするのですから、奇妙な気分になってきます。人間の蠟人形だけではありません。はッとするほど本物そっくりの虎《とら》が咆哮《ほうこう》していたり、天井から吊《つ》り下げられた猿が、長い手をのばしているのです。

「あれです」

と、指さされた方向を見ると、壁に立てかけた太い十字架に、仕事着姿の男が手足を広げて縛りつけられ、胸に短刀を突き刺して、首をがっくりとうなだれていました。沢山の蠟人形を見たあとだけに、一瞬、それも蠟人形と錯覚しましたが、本物の人間でした。

「発見されたままの状態になっています」

と、渋谷署の刑事がいいました。

作業服には、蠟がくっついているあたりは、服にまで赤く血が滲《にじ》んでいます。顔を起こしてみますと、無精ひげを生やした若い男でした。

死体は、手足の縄を解かれ、床におろされました。

死体の発見者は、この工房の社長の高見沢健吉《けんきち》ということなので、私たちは、二階の事務室で彼に会いました。石油ストーブが赤々と燃える部屋で会った高見沢は、ゴマ塩頭の小さな老人でした。

「この工房は、わしと、殺された松林の二人でやっておりました」

と、高見沢は、両手をこすり合わせながら、低い声で私たちにいいました。

「あなたも、蠟人形をお作りになるんですか？」

「ええ。四年前までは、わし一人で作っていました。そこへ、松林が弟子にしてくれといって来たのです」

「殺されているのを発見されたときのことをうかがいましょうか？」

「わしは、ここから車で二十分ほどのところにある家から通っています。松林の方は、ここに寝泊りしております。寝るのは、この事務室の隣りの部屋です。今日は、大雪が降って底冷えするものですから、持病の神経痛がひどくなりましてね。いつもなら、十時頃に、ここへ来ているんですが、今日は、一時間前に来たのです。そうしましたら、妙なことに表のシャッターがおりているんです。それで、鍵《かぎ》であけて中に入ったら、松林があんな恰好で殺されていたのです。息はもうありませんでした。すぐ警察へお知らせして――」

高見沢は、ボソボソと話しました。

「何か盗まれたものがありますか？」

「大事なものが失くなっておりました。私が作った蠟人形です。中原まゆみという女優をモデルにして作った人形なのです」

「裸で、手足を広げた――？」

「はい」

あの蠟人形だと、私は思いました。私の横にいた徳大寺が、

「その蠟人形が、あの十字架に縛りつけてあったんですね？」

と、ききました。高見沢は、「ええ」とうなずきました。

「大事な人形が失くなって、その代りに、松林が殺されて縛りつけられていたんです」

# 7

これで、あの蠟人形があんなポーズで作られていた理由がわかりました。

「その蠟人形が、今朝H公園で発見されたことはご存じですか？」

と、私はきいてみました。老人は、首を横にふりました。

「何しろ、今日はまだ、新聞もテレビも見ておりませんので。本当にあの人形が見つかったんですか？」

「ええ。それでおたずねするんですが、あの人形はどんな事情でお作りになったんですか？」

「去年でしたか、中原まゆみさんを主演にした映画が作られたんです。筋はよく覚えていませんが、最後で、中原さんがああいう恰好で磔《はりつけ》にあい、裸で焼き殺されるのです。もちろん、本人を焼くわけにはいかないので、うちに精巧な人形を作ってくれと頼みに来たんですよ」

「それで？」

「ニッコリ笑って、殉教者のように死んで行くということでしてね。わしが作ったが、向うさんは気に入らなかった。なぜ気に入らなかったかわかっていましたよ。わしが余りにも、正直に作ってしまったからです。映画会社も、本人も、もっと美しく、清純に作ってくれといって来ましたが、わしは妥協ができなかった。それで結局、弟子の松林にやらせたんです。わしから見れば、あの男の技術はまだ稚拙なものだが、ただひたすら美しく作ったので気に入られましてね。彼の作った人形で、焼き殺されるシーンを撮影しましたよ」

「あなたの作った人形を欲しいといって来た人はいませんでしたか？」

「わしは、あの人形のことは誰にも話さなかったんだが、中原まゆみにそっくりの蠟人形があるという噂が流れたんでしょうな。いくら出してもいいから譲ってくれという電話や手紙をいくつもいただきましたよ」

「中原まゆみ自身は、どんな態度でした？」

「直接、本人から聞いたことはありませんが、映画会社の人や、マネージャーの方からは、あの人形は清純派女優のイメージが崩れるから渡してくれといわれていましたよ。しかし、わしの眼から見れば、あの人形こそもっともよく中原まゆみという女性を現わしていると思っていますのでね。渡して燃やされてしまうのでは嫌だからとお断りしていたんです」

「妙なことを聞きますが」と、私は、遠慮がちにきいてみました。

「あの人形は非常にリアルに作ってありますね。腹の微妙なたるみ具合とか、あの部分の恥毛まで一本ずつ植えつけてある。それに太股のホクロまで。それは、モデルの中原まゆみそのままですか？」

「その通りです。あの人形は、中原まゆみそのものですよ」

高見沢老人は、自信に満ちた声でいいました。それだけ自分の腕に頼むところがあるのでしょう。またそれだけに、片意地なところもあるのではないかと思いました。老人にしては細くなめらかな手を握りしめ、時々、上目使いに私たちを見上げるようにする高見沢の態度には、老人の依怙地《いこじ》さといったものが、うかがいとれたからです。

「わしの蠟人形は返していただけるんでしょうな？」

と、高見沢がききました。私はうなずきましたが、気がつくといつの間にか、徳大寺京介の姿が見えなくなっています。私は、あわてて階下の作業場へ降りてみましたが、そこには、何体もの蠟人形が並んでいるだけです。彼の知恵を借りるつもりで連れて来たのに、勝手に姿を消して貰っては困るなと思いながら、もう一度二階の事務室へ行こうとしたとき、蠟人形の一つが、急にグラリと揺れて、私をびっくりさせました。

「僕だよ」と、その蠟人形がいいました。よく見れば、それは徳大寺なのです。私が、「驚かすなよ」と苦笑すると、彼は、蠟人形の間からのっそりと出て来て、

「美人なら、相手が譬《たと》え蠟人形でも一緒にいて、楽しいものだね」

と呑気なことをいいました。

8

徳大寺が、ちょっと内密に調べたいことがあるというので、私は、一人で中原まゆみに会いに、新宿の劇場に出かけました。同僚の吉村刑事には、高見沢が、とにかくすぐあの蠟人形を返して欲しいというので、老人を警視庁へ連れて行って貰いました。

N劇場は、歌舞伎《かぶき》町の入口にあります。三千人収容可能という大劇場で、有名歌手のワンマンショーなどをやるところですが、今日は、現代劇の看板が出ていて、ヒロインを中原まゆみが演じています。劇場についたのが八時半頃で、まだ最終回が終っておらず、私は、彼女のマネージャーで、三根《みつね》孝夫《たかお》という男に先に会いました。芸能界のマネージャーというと、金縁の眼鏡をかけて、派手なネクタイをした、香水の匂いをプンプンさせているような人物を想像しがちですが、私の眼の前に現われたのは、平凡なサラリーマンタイプの三十歳の男で、ワイシャツも白い地味なものを着ています。マネージャーにも二通りの型があるのかも知れません。

三根は、私に座布団をすすめてから、「松林さんなら覚えていますよ。大人《おとな》しい、立派な方でしたが、殺されたとはねえ」と、溜息をつきました。私たちは、楽屋で話したのですが人の話し声や、舞台の喧騒《けんそう》が聞こえてきたりして、何となく落着かないものです。

「高見沢老人の作った蠟人形のことで、ごたごたがあったように聞きましたが？」

と、私がきくと、三根は、当惑した表情になりました。

「あの件は弱っているのですよ、映画のことをお聞きですか？」

「ええ、中原まゆみさんが火あぶりになるシーンに、彼女そっくりに作った蠟人形を使ったと聞きましたが？」

「ええ。彼女にとって初めての大役だったんで、張り切っていましてね、ヌードにもなるし、セックスシーンも平気といっていたんですが、火あぶりに本人を使うわけにはいきませんからねえ、それに、監督が有名な完全主義でしてね。トリック撮影でごまかすのを嫌がるんで、日本一といわれる高見沢さんに、中原まゆみそっくりの蠟人形を作ってくれるように頼んだんですよ。ところが、あの人が妙な人でしてね。変にグロテスクに作ってしまうんです。こっちが文句をいっても、これが中原まゆみなんだといってきかんのですね、結局、あの人形を身代りに使っては、清純派で売り出した彼女のイメージが崩れるんで、弟子の松林さんの方に頼んだというわけです」

「あの人形も、返してくれるように頼まれたようですね？」

「ええ、何度もお願いしたんですが、頑として承諾してくれないので困っているのです。金はいくら出してもいいといっているんですがねえ」

「今朝の、H公園の事件はご存じですか？」

「あれですか」と、三根は、口をゆがめて、

「知りたくなくても、わざわざ知らせてくれるおせっかいな人が沢山いましてねえ、今日の午前中は、押しかけて来た雑誌社の人を中原まゆみに会わせないようにするのでヘトヘトになりましたよ」

「じゃあ、中原まゆみさん本人は、まだ知らないんですか？」

「いや。知っていますよ、マスコミの人はスーパーマンですからね、いつの間にか彼女に知らせて、感想を聞いていましたよ、彼女は泣いていましたが」

「これからどうなさるつもりですか？」

「あの人形が高見沢さんの所にある限り、今度のような事件が、また起きますからね。ぜがひでも、譲り受けるつもりです。彼女も、あの人形は、いくら出してもいいから買い戻したいといっています」

「松林さんを殺した犯人は、あの蠟人形を盗み出そうとして、咎《とが》められて殺したと思われるんですが、犯人に心当りはありませんか？」

私がきくと、三根は、首を横にふってから、

「私や中原まゆみが犯人と思われているのなら、お門違いですよ、確かに私たちはあ

の人形が欲しい。しかし、それは、焼却したいからで、私たちが盗んだのなら、H公園なんかに麗々しく飾ったりしませんよ、中原まゆみにとって、マイナスになるだけですからね」

「マイナスになりますか?」

「当然でしょう、あれは、まるで中年女のように作ってありますからね。あれを中原まゆみと思わせたらイメージダウンもいいところです」

「ちょっと下品な質問をしてもいいですか?」

「ああ、あの恥毛のことと、内股のホクロのことでしょう?」

「中原まゆみさんの身体は、あれと同じですか」

と、私がきくと、三根は、苦笑して、

「私も彼女の裸を見たことがありませんから、答えかねますね、しかし、譬《たと》え日本一の蠟人形作りにしろ、あそこまで作るというのは、明らかに行き過ぎですよ」

「高見沢さんが製作中、中原まゆみさんは、あの恰好でポーズをとっていたわけですね?」

「ええ。その時点では、相手を信じていましたからね。彼女は、全裸でモデルになっていましたよ、あんなグロテスクに作られるとわかっていたら、行かせやしません」

三根は、しきりに、高見沢老人に騙《だま》されたと繰り返しました。金の卵のマネージャーとすれば、無理もないことかも知れません。

この後、私は、中原まゆみ本人にも会いました。

これからすぐ、TV局の録画撮りに行くというので、たった五分間という短い時間でしたから、私は、要点だけを質問し、質問しながら、彼女の顔を見ていました。あの蠟人形とどの程度似ているかを知りたかったのですが、彼女と会ってみて、その答が意外に難しいことに気がつきました。あの人形は、彼女に似ているともいえるし、似ていないともいえるのです。あの人形が、中原まゆみ以外の何者でもないことも事実です、しかし、本人に会って話をしていると、人形の表情が誇張されていることも事実です。中原まゆみという女優は、笑ったとき、変に崩れた卑しい表情を見せます。それは多分、彼女の生い立ちの中の暗い部分の反映でしょう、まさに、蠟人形の顔に浮んでいた、妙に媚びた笑いと同じものでした。しかし、中原まゆみの顔には、それとは正反対の、ひどく幼い、戸惑ったような表情も時々浮ぶのです。私と話している時、急に、中堅女優の三歳になる子供が飛び込んで来たのですが、中原まゆみの顔には、あどけないとしかいいようのない微笑が浮んだものです。もちろん、中原まゆみは、人形にあった内股のホクロのことなどは、笑って答えませんでした。

私は、捜査本部の設けられた渋谷署に戻りました。

夜が更けるにつれて、少しずつ、殺人事件に関する資料が集まって来ます。

犯人は、工房の裏のガラス窓を破って侵入している、凶行に使われた短刀は、刃渡り二〇センチ、無銘。短刀の柄や、工房内に不審な指紋は検出されなかったので、犯人は手袋を使用したものと思われる。近所の聞き込みからは、怪しい人物を見たという証言は得られなかった。物音や叫び声を聞いたという証人も現われない。

これはというものはありません。しかし、私は、別に落胆はしません。初動捜査の段階では、いつもこの程度のものですし、遺体の解剖結果が出れば、死亡推定時刻もわかってくるからです。

殺された松林周平の略歴は、次のようなものでした。

昭和十九年秋田県生れ。三十五歳。農家の生活が嫌で、高校を中退して上京。スーパーの店員、クリーニング店員、夜警など、さまざまな職につく。その間、絵心があるので、漫画雑誌への投稿をするが採用されず、四年前から、蠟人形作りの高見沢健吉に師事し、現在にいたる。恋人、友人なし。工房内の四畳半の部屋に、中原まゆみの写真多数。

そこには、田舎から出て来た、無口で孤独な一人の青年像が浮んで来るような気がしました。多分、東北訛《なま》りもまだ抜けていなかったと思います。人はいいが、どこか暗く、かたくななところがある男です。中原まゆみの写真が沢山あったのは、蠟人形を通じて知り合った彼女に惚《ほ》れていたのでしょう。が、自分の手の届かない女であることも承知していたに違いありません。

吉村刑事は、例の人形を高見沢健吉に返却したと私にいいました。「おかしな爺《じい》さんだねえ」と、吉村刑事は、笑いながら、私にいいました。

「とにかく早く返してくれの一点張りで、あれからすぐ、タクシーで警視庁へ直行だよ。ところが、返却手続きをとったとたんに、あの人形をタクシーのトランクに放り込んで、さっさと帰っちまった。妙な爺さんだ。人形を大事にしているようでもあり、そうでもないようだしね」

妙な老人という点では、私も、吉村刑事と同意見でした。たった一人の弟子が殺されたというのに、弟子のことを悲しむよりも、自分の作った蠟人形の行方を心配していたのですから。

徳大寺京介からは、いっこうに連絡が入って来ません。彼の住所へ、私の方から電話をかけてみましたが、ベルが鳴っているのに出る気配がありません。

深夜になって、やっと、電話がつながったのですが、徳大寺の声は珍しく酔っています。アルコールにあまり強くない男のはずですから、「どうしたんだ？」と、私はききました。

「酔っ払ってるのか？」

「ああ。二人で角瓶一本あけたよ」

「いったい誰と飲んだんだ？」

殺人事件が起きたというのに、何を呑気なことをいってるのかと、私は腹立たしくなりましたが、徳大寺は、相変らずのんびりした声で、

「誰と飲んだか想像つくかね？」

などといっています。わかるはずがないと私がいうと、

「明日会ったときに教えるよ。なかなか面白いことがわかったからね」

と、徳大寺はいい、私が今度の殺人事件について意見を聞こうとするより先に、

「お休み」といって、勝手に電話を切ってしまいました。弱いくせに飲むのだから困った男です。

9

翌日の午前十時頃、徳大寺は、いつものようにふらりと渋谷署にやって来ました。少し蒼い顔をしているのは、二日酔いのようです。私が近くの喫茶店に誘うと、徳大寺は、コーヒーのブラックを注文してから、

「あの老人は強いねえ」

と、溜息《ためいき》をつきました。

「老人って、高見沢健吉のことか？」

「そうだよ。昨夜、スコッチの角瓶を持って、老人のマンションを訪問したんだ。アルコールで仲良く出来そうな気がしたんでね」

「なぜ、高見沢が酒好きだとわかったんだ？」

「あの事務所の隅にウィスキーの空瓶が並んでいたからさ」

「殺された松林が飲んだやつかも知れないじゃないか」

「違うね。あの老人は職人気質の強い、悪くいえば小うるさい人間だ。注文主の要求を無視したところに、それが出ているじゃないか。そんな老人が、自分の飲まないウィスキーの空瓶を、事務所に並べるのを許すはずがないよ」

「わかった。それで、あの老人とどんな話をしたんだ？」

「酒の話、蠟の話、子殺しの世相の話――」

「そんなことが、事件と関係があるのかね？」

「かも知れないね。ところで、そのあと、僕は、蠟人形を見せて貰った」

「自宅の方にも、蠟人形が置いてあるのか？」

「一体だけ置いてあったよ。若い女性の裸身像だった。きれいな人形だったね。清純さが匂ってくるような感じがしたよ。老人が一番気に入っている蠟人形であることは確かだな」

「どうもわからんな。その人形が事件に関係があるのかい？」

「今のところは不明だ。だが、老人の嘘がわかったよ」

「嘘？」

「盗まれた蠟人形について、老人は、真実を追求して出来たものだから妥協できなかったといった。だがね。自宅にあった人形は、ただひたすら美しく作ってあったな。だから、例の人形は、真実を追求したものというより、ある種の偏見が入っているね。老人自身は気がつかずに作ったかも知れないが、モデルの中原まゆみに対して、決していい感じを持っていないし、その悪感情が作用していたのは確かだよ」

「なぜだろう？」

「酔ったところできいてみたんだが、理由はいってくれなかったよ。だが、何となく想像はついている」

「どんな理由だ？」

「事件に関係あるとわかったら話すよ。それに、今のところ推測にしか過ぎないから、裏付けもとらなきゃならない。それより、殺人事件の方は、犯人の当りがついたのかね？」

「いや。わかったのは、中原まゆみや彼女のマネージャーが、あの蠟人形を買い取って処分したがっていたこと、野外音楽堂に飾られたことで彼女のイメージがダウンしたと怒っていること。もう一つは殺された松林が中原まゆみのファンだったらしいことぐらいだね。松林が使っていた工房二階の四畳半に、彼女の写真がべたべた貼《は》ってあったよ」

「その写真なら僕も見たよ」

「いつ見たんだ？」

「君が、老人に話を聞いている間にさ」

と、徳大寺は笑ってから、急に窓の外に眼をやりました。

「もうだいぶ雪が溶けてきたな。屋根の雪も少なくなっている」

「そんな呑気なことをいっていないで、殺人事件のことを一緒に考えてくれないか。犯人の動機がわからなくて困っているんだ」

私がいうと、徳大寺は、やっと視線を戻して、

「動機がわからないって？」

「そうだよ。犯人が、あの蠟人形を盗もうとして高見沢工房に忍び込んだことだけは、はっきりしている。他に盗まれたものがないからね。わからないのは、そのあとの犯人の行動なんだ。殺人までやって盗んだ蠟人形なのに、オモチャの短刀を突き刺して、H公園に放り出しておくなんてのはね。中原まゆみに対する嫌がらせなのか、それとも、高見沢健吉への嫌がらせなのか、そこがよくわからずに困っているんだ。君はど

う思うね？」

　私がきくと、徳大寺は、また、ちらりと窓の外に眼をやってから、

「そう難しく考えるからわからなくなるんじゃないかな。事件をそのまま受けとったらいい。蠟人形の作業場で、人形作りの若い職人が一人殺され、蠟人形が盗まれた。その人形は、雪の降り積った公園の野外音楽堂の舞台に放置されていた。事実はこれだけだ。別に難しいことはないはずだよ」

　と、あっさりというのです。徳大寺の頭の鋭さには敬意を表しているし、だからこそ難しい事件の場合は、彼の助力を期待しているわけですが、こちらが、頭をひねって解答を出すのに苦労している問題を、簡単じゃないかとあっさりといわれるのには、時として頭に来ることがあります。私だって、プロの刑事としての面子《めんつ》がありますから、そんなふうに、いわれると、意地でも自分で答えを見つけ出したくなるのです。

　私が腕を組んでコーヒー茶碗《カップ》の底に残った茶色いカスを睨《にら》んでいると、徳大寺は、人の気も知らないで、まだ外の雪に眼をやり、

「明日まであの雪がもつかな」

　といっているのです。私は呆れて、

「なぜ、そう雪のことを気にするんだ？　まさか、都内でスキーでもする気じゃないだろうな」

と、皮肉をいってやりました。ところが、徳大寺は、生真面目《きまじめ》な顔で私を見ると、

「都内にスキーが出来るような所があったかな？　つまり、人や車が入って来なくて、白い雪がいつまでも残っている場所が」

と、いうのです。

「本気で街の中でスキーをやる気なのか？」

「やってもいいね」と、徳大寺は、ニッコリ笑ってから、すぐ、真面目な顔に戻り、

「今度の事件に関係してから、僕は、雪が気になって仕方がないんだ。なぜ、犯人は、雪の中で、あんな場所に蠟人形を置いたのかがわからなくてね」

「しかし、殺人事件の方は、雪は関係ないだろう？」

「多分ね」

「じゃあ、雪が消えていくのを心配することはないじゃないか？」

「いや。それは違う」

と、徳大寺は、きっぱりといいました。柔和な眼が、急に強い光を帯びると、まさに、あの精悍なマサイの男になってしまうのです。

「君は間違っているよ」

と、徳大寺は、ぴしゃりといいました。

## 10

「刑事の君からみれば、殺人事件が重大で、それを主にして頭を回転してしまうのはわかる。しかし、冷静に見れば、殺人事件は、あの蠟人形を盗み出すために起きたものだ。ということは、H公園の事件のために、副次的に起きたということが出来る。事件の軽重を無視すれば、雪の中の悪戯事件こそ主なんだ。だから僕は、あの悪戯を重視する。君も、あの事件について、何か不吉な予感がするから僕を呼んだんだろう。僕も同じく、あの奇妙な悪戯に不吉な予感を感じるんだよ。松林という人形作りの死が、偶然のものだとすれば、まだ、不吉な予感は続いているわけだよ」

「君には、次に何が起きるかわかっているのか？」

「想像はついている」

「何だ？」

「殺人だよ」

と、徳大寺はいいました。

「あの奇妙な悪戯には、たった一つの意味しか考えられない」

「中原まゆみに対する嫌がらせか？」

「それなら、あんな雪の中でなく、確実に人の集まる場所と時を選ぶはずだよ。それに、マスコミ関係者に匿名の手紙を出しておけば、中原まゆみに致命傷を与えられるのにそれをしなかった。だから違う。となれば、殺人の予行演習《リハーサル》としか考えられない」

「殺人の予行演習《リハーサル》だって？」

「殺人は、もっとも危険で慎重を要する行為だよ。もちろん、衝動的な殺人もあるがそれは例外だ。とすれば、予行演習が行われてもおかしくないだろう。犯人は、人間の代りに精巧に作られた蠟人形を使用した。オモチャの短刀ですませたのは、本物を使って法律に触れることを恐れたということもあるかも知れないが、本物でもニセモノでも重さが同じなら、訓練には差支えないと考えたからだと思うのだ。次は血だが、これは本物の血の乾く時間を調べたのかも知れない。絵具では、乾く時間が違うからね」

「しかし、なぜ、あんな場所で？」

「だから、雪のことが気になるんだよ」

と、徳大寺は、また、窓の外に眼をやりました。あれほどの積雪が、二日たった今は、日陰の部分にしみつくように残っているだけです。

「犯人は、なぜ、あんな場所で予行演習《リハーサル》をやったのだろうか？　一面の雪。タイヤの跡から七メートル離れた舞台。あれは何か意味があるのだろうか？　ひょっとすると、いや、十中八、九、次に予想される殺人事件は、同じような場所で行われるに違いないと、僕は考えているんだ。それでなければ、あの蠟人形を使った意味がないからね」

「じゃあ、今度は、一面の雪の中で誰かが殺されるというのか？」

「そうだ。それも、ただの雪原じゃないね。白一色の世界の中央に石の舞台がある。人間は、七メートルまでしか近づけない。そして、その石の舞台で殺人が行われるのだ」

「脅かさないでくれよ」

と、私は笑おうとしましたが、口元が自然にこわばってしまいました。徳大寺の言葉は、自信に満ちていたからです。私は、気持を落着かせようとして煙草の火をつけました。

「雪の中というと、東北や北海道で事件が起きるのかな」

と、私がいうと、徳大寺は、そっけなく首を横にふりました。

「それなら、東京で予行演習はやらないだろう。間違いなく東京都内で起きるはずだよ」

「しかしねえ」と、私は、徳大寺の意見でも、納得できませんでしたから、異議を唱えました。

「一昨日《おととい》は、東京には珍しく大雪が降ったが、もう三月だよ。もう降らないかも知れない。最近の東京の冬は、気温が高いから降らない確率の方が高いはずだよ。それに、次はいつ降るというのがわからなければ、計画は立てられないはずだ。雨ならある程度、予報でわかるが、東京の雪では、そうはいかないだろう？」

「君のいう通りだよ」と、徳大寺は、私に賛成しました。

「だから、この雪が消えるまでに、殺人事件が行われるんじゃないか。あるいは、すでに殺人が行われてしまったのじゃないかと、雪を見ながら心配していたんだが、幸い、まだ、中原まゆみは無事のようだね」

「やっぱり、狙《ねら》われるのは、彼女と思うのか？」

「もちろんだよ。狙われるのが中原まゆみでなければ、あの予行演習《リハーサル》は意味がない。全く別の人間を殺すのなら、わざわざ高見沢工房に忍び込んで、中原まゆみそっくりの蠟人形を盗み出す必要はないからね。それで彼女のことだが」

「わかっている。彼女のこれからの予定だろう。マネージャーに聞いて来たよ。新宿N劇場の公演は、三月十日で終る。あと二日だ。その間に、テレビドラマの録画撮りも入っている。三月十三日まで三日間は休みで、十四日からS映画で主演作品をとる。これは、沖縄が舞台なので、ロケに三月十四日に出発し、二十日まで那覇と、石垣《いしがき》だ。沖縄は雪が降らんよ」

「三日間の休暇は、どう過ごすんだろう？」

「休暇といっても人気者だから、サイン会とか、雑誌の対談とか、それから、合作映画のことで来日するアメリカのプロデューサーの接待とかがあって、実質的には休めないらしい」

「その間、東京は離れないのか？」

「ああ。ずっと東京にいるといっていたよ」

私は、近くにあったマガジンラックから新聞を取りあげ、天気予報の欄を見てみました。

「ありがたいことには、この長期予報によると、これからは一雨ごとに暖かくなるそうだ。東京地方には、もう雪はないようだね」

「そうか」

と徳大寺はうなずきましたが、その顔から不安の色は消えませんでした。

「雪が降らなければ、心配はないだろう？」

「だといいんだが――」

「まだ降りもしない雪の心配をしてもはじまらんよ。それより、H公園の雪の密室のことだが、君は、この間、密室なんかなかったといったね」

「ああ」

「だが、雪の上に足跡がなければ密室じゃないか？　タイヤの跡も途中で消えている」

「それは、君が密室と勘違いしているんだ。ただ、犯人は、あれを密室に見たてて、密室殺人の練習をしたのかも知れない」

徳大寺は、わけのわからないことを、ひとりごとのようにいうと、さっさと立ちあがりました。

「どこへ行くんだ？」

「国会図書館だ。二年前の古い新聞を読みたくなったんだ」

## 11

徳大寺につき合って国会図書館で古新聞を読むわけにもいかないので、私は、捜査本部に戻りました。私には、彼の狙いがわかりませんでした。徳大寺のことですから、事件のことで国会図書館に行ったに違いないのですが、二年前の新聞というのがよくわからないのです。あの蠟人形が作られた事情を調べるのなら、映画の撮られた一年前のことを調べるべきだし、新聞を読むより、当時の映画関係者に会った方がよくわかるはずです。

捜査本部には、被害者松林周平の解剖報告が届いていました。それによると、死因はやはり、短刀による刺傷で、心臓に達しており、死亡推定時刻は、一昨日の午後十時から十一時の間ということです。丁度、雪の降っている最中ですから、犯人を目撃した人が見つからない理由も納得できます。

捜査は、二つの線で進められることになりました。第一は、あの蠟人形を欲しがっていた人間の線です。この線はその人形をすぐ捨ててしまったということで矛盾もするのですが、その矛盾は、一応無視することにしました。

第二は、松林周平に個人的な恨みを持った者の犯行と見る線です。彼を殺した犯人が、動機をかくすために、蠟人形を持ち出したと考えるわけですが、あまり可能性があるとは思えませんでした。というのは、松林という青年が、親戚《しんせき》や知己がほとんどなく、誰かに恨みを買うというタイプではなかったからです。

私たちは、犯人を求めて飛び廻りました。中原まゆみの関係者、高見沢健吉の関係者、あるいは、一年前の映画の関係者にも会って話を聞きました。あの蠟人形が作られるきっかけになった映画も、わざわざ試写室で見せて貰いました。ヤクザ同士の抗争の中で、美しく薄幸なヒロインの中原まゆみが死んでいくというストーリィでした。恋人をかばったヒロインが、ヤクザのボスのために犯され、まっ裸で大の字に縛りつけられて火で焼き殺されるのです。松林が作った身代りの蠟人形はなかなかよく出来ていましたが、やはり、高見沢老人のものに比べて迫力はありませんでした。しかし、とにかく美しく作ってありましたから、中原まゆみや、マネージャーなどに気に入られたのでしょう。

捜査の方は、遅々として進みません。いっこうに、これはという容疑者が浮びあがって来ないのです。

二日、三日と、容赦なく日数がたっていきます。東京をひと時白一色の夢の世界に変えたあの雪も、すでにあらかた消えてしまいました。国会図書館に古新聞を読みに行ったはずの徳大寺京介は、その後、いっこうに顔を見せなくなってしまいました。電話連絡もないのです。私の方も、捜査に追われて、彼に電話するのを忘れていました。

徳大寺が例によって、ふらりと捜査本部に現われたのは、三日目の三月十一日の午後でした。

「いったい、どこに消えていたんだ？」

と、私がきくと、徳大寺は、無精ひげの伸びた顎《あご》のあたりをなぜながら、

「大阪へ旅行していたんだ」

「雪を捜しにかい？」

「いや、ある薄幸な女のことを調べにね」

「何だい？　そりゃあ」

「あとで話すよ。ところで、中原まゆみの今日のスケジュールはわかるかい？」

「大体のところはわかっている。この間話した合作映画の話で、アメリカのプロデューサーが来日して、午後二時から、S映画社長の邸で歓迎会が開かれる。その席に出ることになっているよ。映画関係者が多数出席するそうだから、彼女が殺される心配はないだろう。それに、今日はいい天気だ。雪は絶対に降らないよ」

「その心配はないな。S映画社長の邸というのは、どんな造りなんだ？」

「よくは知らん。だが、この社長は水商売でも成功した男でね。東京の真ん中に、二千坪を超す大邸宅を持っている。とにかくぜいたくな造りで、京都の龍安寺《りょうあんじ》を真似た石庭があるそうだよ。いや、龍安寺より大きい石庭とかいっていたね。なんでも、白砂を毎日竹ぼうきで掃きならすのに、専門の職人を傭《やと》っているそうだ」

「石庭だって！」

　急に、徳大寺の声が大きくなりました。私が、あっけにとられていると、徳大寺は、いきなり私の腕をつかんで立ち上がりました。

「すぐ出かけるんだ」

「どこへ？」

「その社長の邸だ。中原まゆみが危い」

　徳大寺は早口にしゃべりながら、私を引っ張るようにして、渋谷署を飛び出しました。わけがわからずに、私も、その後に続くと、徳大寺は、もう手を上げてタクシーを呼び止めています。

世田谷《せたがや》にある社長宅に向ってタクシーが走り出すと、私は、一息ついて、「どうしたんだ？」と、徳大寺にききました。

「なぜ、中原まゆみが危いんだ？」

「石庭だよ」と、徳大寺は、腕時計に眼をやりながらいうのです。

「H公園の悪戯は、純粋な密室じゃない。しかし、犯人は、密室として予行演習をやったのかも知れないと思っていた。雪の密室だよ。だがその後、東京に雪は降らない。とすると、あれは一体、何だったのかと考えていたんだが、石庭だったんだ。掃き清められた白砂の庭の中央に大きな石があるとしたらそれは、白一色の雪の中央に大理石の舞台があるのと同じことじゃないか」

「あッ」と、私も思いました。

私は、腕時計を見ました。針は、もう二時を回っています。社長邸でのパーティ開始は確か二時。徳大寺の予感が当っていれば、私たちは、中原まゆみの死体にお目にかかることになるかも知れないのです。幸い、交通渋滞はありませんでしたが、世田谷区にある社長の邸に着いたときには、二時四十分になっていました。

車が止まると、私と徳大寺は、宏壮な大理石造りの門に向って突進しました。門の前の道路には、高級車がずらりと並んでいます。コンパスの長い徳大寺が先に門の中に飛び込んだのですが、そこで、制服姿の派出所の警官に制止されてしまいました。私は、不安と焦躁《しょうそう》にかられながら、相手の鼻先に警察手帳を突きつけて、「事件か?」と質問しました。とたんに、恐れていた答えがはね返って来たのです。

「中原まゆみという女優が殺されました」

## 12

邸の中は、収拾がつかない混乱に落ち込んでいました。盛装した男女が、一様に蒼い顔をし、わけもなく右往左往しているのです。

居間のソファに長々とのびてしまったブロンドの中年女性を、必死で看護している大柄な外国人は、来日したアメリカ映画のプロデューサー夫婦でしょう。接待役の日本人が、二人に向って、「アイ・アム・ソーリー」を繰り返しています。

私と徳大寺は、そんなパーティの人たちをかき分けるようにして、問題の石庭に出ました。

長方形の広い庭に、見事な白砂が敷きつめられ、竹ぼうきを使って美しく整えられているところは、石庭というより、白砂の庭と呼んだ方が適当かも知れません。その砂の庭の中央には、台座のついた高さ二メートルほどの碑が立っています。しかし、縁側から中央の碑の間の白砂は、大勢の人の足跡で踏み荒らされ、碑の近くには、裸の女の死体が横たえられているのです。

私は、庭下駄を借り、徳大寺と一緒に死体の傍へ歩いて行きました。前に会ったことのある中原まゆみのマネージャー三根が、呆然《ぼうぜん》とした顔で、死体の傍にしゃがみ込んでしまっています。

私は、警察手帳を、そこにいた男たちに見せ、死体にかけてある毛布を持ちあげました。

全裸の中原まゆみが、右乳房の下を短刀で突き刺されて死んでいるのです。あの蠟人形の通りでした。血が、下腹部に向って流れ、乾いてこびりついています。両手が胸の上で合わされているのは、誰かがやったのでしょう。両手首と両足首には、縄の痕《あと》がついていました。よほど強く縛ったとみえて、赤いうっ血のあとが見えます。私の眼は、自然に、黒々とした豊かな下腹部の茂みや、開きぎみになっている太股に走りました。左太股の内側に、蠟人形と同じ小さなホクロがありました。もう一つ、二十一歳という若さにしては、臍のまわりの肉がだぶついている感じでした。この中原まゆみが、あの蠟人形を嫌がっていたのは、人形が真実を示していたからでしょうか。それとも、彼女の欠点を誇張して作られていたからでしょうか。

「何があったか話して貰えませんか」

と、私は、マネージャーの三根の顔を見ました。

「私にも、何が何だかわからないんですよ」

と、三根は、泣くような声でいいました。

「アメリカ映画のプロデューサーのケスラー夫妻が来日して、ここで、招待パーティが開かれたんです。S映画社長ご自慢の石庭を見せることになって、みんなで縁側に出たんです。あの碑の除幕式もかねていたんですよ。最初の合作映画を作ったT氏を顕彰する碑文が書いてあります。除幕の紐《ひも》は、ケスラー夫人に引いて貰ったんですが、紐が引かれて、幕が上ったとたん、碑に大の字に縛りつけられて殺されている中原まゆみが現われたんです」

「彼女は、それまでいなくなっていたわけですか？」

「ええ。ケスラー夫妻は、午前十時に羽田《はねだ》に着いたんですが、彼女は、頭痛がするといいましてね。午後二時からの、この邸でのパーティの方に出席すると、私に電話して来たんです。それで、私は、しびれを切らしながらここで彼女を待っていたんですが、こんな現われ方をするなんて」

「誰が殺したか、見当がつきますか？」

「全くわかりませんね。彼女は、急にスターになっただけに敵は多かったですがね。

こんな目にあわされるはずはないんです。気違いの仕業としか考えられませんよ」

「彼女は、その合作映画に出演することになっていたんですか？」

「いや。まだ決定はしていませんでした。いい役なので、出演希望者は沢山いましたよ。私も、この映画に出られれば、スターの地位も確固としたものになると思って賭《か》けていたんですが、こんなことになるなんて――」

「冷静に、ここへ来てからのことを思い出して欲しいんですがね」

「私は冷静ですよ」

「よろしい。みんなが、石庭を見に縁側に集まったんですね」

「そうです」

「その時、石庭の様子はどうでした？」

「どうって、もちろん誰もいませんでしたよ。碑には、幕がかかっていました」

「ケスラー夫人が引いた紐というのは、どうなっていたんです？」

「普通、除幕式の紐は、碑の傍にたらしてあるんでしょうが、ここの石庭は、白砂が美しく整備されているんで、それを乱したくないということなんでしょうね。碑から縁側まで引っ張ってありましたよ。ケスラー夫人は、それを引っ張ったんです」

「その時、庭に足跡はついていませんでしたか？」

「そんなものは、全くついていませんでしたよ。あれだけきれいに竹ぼうきで整備されているんです。足跡がついていたらわかりますよ」

## 13

除幕に使われた白布は、縁側の下に、丸めて捨ててありました。円筒のように碑にかぶせてあったもので、てっぺんのところに長い紐がついていました。白布の生地はかなり厚いものでしたから、縁側から見たのでは、幕の中で、全裸の中原まゆみが刺されて殺されているとはわからなかったでしょう。

私は、そこにいた人々を片っ端からつかまえて、足跡のことを聞いて廻りました。答えは同じでした。ケスラー夫人が紐を引くとき、庭には、足跡は一つもなかったのだというのです。

幸運なことに、パーティには、芸能週刊誌のカメラマンが何人か来ていて、死体発見の前後をフィルムにおさめていたのです。私は、そのフィルムを借り受け、すぐ現像することにしました。私が、数本のフィルムを集めたところへ、徳大寺が、長身を運んできて、

「やはり、公園の悪戯は、予行演習《リハーサル》だったよ」

と、私にいいました。

「碑から縁側までの距離が丁度七メートルで、あの場所と同じだ」

死体は、解剖のために運ばれて行き、私と徳大寺は、一刻も早くフィルムを見たくて、渋谷署に戻りました。

急がせたので、現像、焼付けは、三時間で終り、カラー写真百枚近くが、私の机の上に並べられました。

石庭の全景、除幕の紐を渡されて笑っているケスラー夫人、幕があがっていく碑のアップ。そして、碑に手足を思い切り広げて、後手に抱くように縛りつけられている全裸の中原まゆみ、乳房の下に突き刺さった短刀、碑に殺到する人々、全てが、きれいなカラーで撮れていました。

石庭の全景。確かに、美しく整えられた白砂の上に、足跡は一つもついていません。

「これは、何だ？」

と、吉村刑事が、写真の一点を指しました。縁側から、除幕の碑に向って、細い赤い線が延びているのです。

「血痕じゃないか？」

と、吉村刑事がいいます。あわてて、その写真だけが、大きく引き伸ばされました。

吉村刑事の言葉は当っていました。明らかに血痕です。細く、点々と、縁側から碑に向って続いているのです。白砂の上ですから、カラー写真では、くっきりと浮んで見えます。あの場所にいた人々が、それに気がつかなかったのは、あんな惨劇を予期していなかったからでしょうし、視線が、碑に集まっていたからでしょう。私の眼に入らなかったのは、すでに踏み荒されてしまっていたからです。

犯人の行動が少しずつわかって来ました。犯人は、全裸の中原まゆみを、縁側から碑のところまで運び、磔《はりつけ》の形に縛りつけておいたのです。

この推理を裏書きするように、彼女の着物や下着が、縁側の下から丸めて捨てられているのが発見されました。この着物にも血がついていました。着物が、高価な晴着だったのは、彼女が、合作映画のヒロイン役に意欲を燃やし、ケスラー夫妻にいい印象を与えたかったのでしょう。

石庭の世話をしている山田徳太郎という五十七歳の職人には、翌日の午前中に会いました。職人気質の元気な男でした。

「あの庭は、毎日、午前十時に掃除することになっているんですよ。いったん砂を全部ならして、それから竹ぼうきで、波模様を作っていくんです。もちろん昨日も、午前十時にやりましたよ」

「どのくらいの時間がかかるのかな?」

「四十分はかかりますね」

「普通の人間じゃあ、あの波模様はできないんでしょうね?」

「無理ですよ。あたしだって、自信がつくまでに、五年はかかりましたから」

「じゃあ、これを見て下さい」

私は、大きく引き伸ばした石庭の写真を見せました。除幕直前の写真です。

「昨日、あなたが整備したままの庭ですか？」

私の質問に、山田徳太郎は、眼鏡を取り出して、じっと写真を見ていましたが、

「ええ。あたしが手入れしたままですな。間違いありません」

「あなたが庭の手入れをしているとき、碑には、幕がかかっていたわけでしょう」

「ええ。白い布がかぶさってましたな」

「幕の中で、女が殺されて、碑に縛りつけられていたことは考えられませんか？」

「そんなことがあれば、血の匂いがしますよ。そんな匂いはしませんでしたなあ」

「その時、邸に誰かいましたか？」

「女中さんがいたようですが、広いお邸ですからねえ。あたしは誰も見ませんでしたよ。皆さん、羽田へアメリカさんを迎えにいらっしゃってたんじゃないですか」

山田徳太郎が話してくれたことは、これだけでした。

その後の調べで、除幕に使われた白布の内側にも、血痕がついていることがわかりました。血液型は、もちろん中原まゆみと同じ型です。血痕のついていた砂もかき集められて、鑑識に回されましたが、その結果は、私の予期していた通りB型の血液と

いうことでした。

解剖の結果、死亡推定時刻は、事件当日の午前九時から十一時までの間という報告が入って来ました。

凶行に使われた短刀から犯人の指紋は検出されませんでしたが、私は、予想されていたことですから、別に落胆はしませんでした。私が、注目したのは、蠟人形を刺したオモチャの短刀、工房で松林周平が刺された短刀、そして、今度の凶器の短刀の三本が、重さ、長さが全く同じだということです。徳大寺がいうように、雪の中のあの悪戯は、今度の中原まゆみ殺しの完全な予行演習だったことに違いありません。

第一の問題は、石庭の密室を、どう解くかということです。容疑者が浮んでも、この密室トリックが解けなければ、逮捕できないからです。

私は、事件の三日後、ひとりで、あの石庭を見に出かけました。本当は、徳大寺を連れて行きたかったのですが、この大事な時に、また行方不明になってしまったのです。今度の事件では、どうも頼りにならない友人です。

白砂を敷きつめた石庭は、三日前の惨劇など、どこかへ忘れ去ってしまったかのように、ひっそりと静まり返っていました。もちろん、白砂も、きれいに整えられています。

私は、縁側に腰を下して、七メートル先にある碑を見つめました。途中の砂に足跡をつけずに、あの碑まで死体を運ぶ方法があるでしょうか？　碑の台座の高さは約二〇センチ、こちらの縁側の高さは約一メートル。その間を飛ぶことは出来ないでしょうか。走り幅とびの世界記録はたしか八メートルを超えているはずですから、数字の上では可能かも知れませんが、ここでは助走路がないし、第一、犯人は、死体をかついで飛ばなければならないのですから、七メートルはおろか、四、五メートルでも不可能なはずです。

竹馬も駄目です。砂地には、どんな跡もついていなかったのですから。

山田徳太郎なら、庭師ですから、殺人の後で、白砂を整備しておけばいいわけですが、あの老人には、動機がありませんし、一番自分が不利になるような形の殺人はやりますまい。

最後に残ったのは、砂の上に点々とついていた血痕です。あの血痕は、明らかに、山田徳太郎が庭を整備した後でついたものです。

（なぜ、あの血痕がついていたのだろうか？）

と、私は考え、これが、トリックを解く鍵だと思いました。

（除幕式に使われた紐だ！）

と、思いました。

碑と縁側を結びつけていた唯一のものは、あの紐です。犯人が、この二点間に張られた紐にぶら下って、碑までの間を往復したとしたらどうでしょうか。死体を抱えていたら、張られた紐の下に、点々と血痕が落ちるはずです。

私は、気負い込みました。が、考えていくうちに、壁にぶつかってしまいました。紐は、細くても丈夫なものです。しかし、碑の方は、固定されていないのです。幕のてっぺんに結びつけてあって、縁側で引っ張れば、碑にかぶせてある幕がすっぽりと取れるようになっていたわけです。そんな紐に、人間がぶら下がれるはずがありません。子供一人でも無理です。

私は、わからなくなってしまいました。犯人は、わざわざ雪の日を選んで予行演習までしているのです。小道具に使うために、殺人を犯してまで、中原まゆみそっくりの蠟人形を盗み出しているのです。それだけに、じっくりと考えた上での、犯行でしょうが、私には、解明のヒントさえつかめません。

陽が落ちて、寒くなってきました。仕方なく、私は、すごすごと立ち上りました。

14

翌日になって、やっと、徳大寺京介をつかまえることが出来ました。私の方が、大きな壁にぶち当って苦り切っているのに、徳大寺の方は、私を見て、呑気に微笑しているのです。

「犯人は見つかったかね？」

と、徳大寺がききます。私は、舌打ちをして、

「見つかっていれば、君を待ってやしないよ。どうしても、石庭のトリックが解けないんだ。縁側から七メートル先にある碑へ行く方法がわからないんだ」

「そいつはよかった」

「よかったとはなんだ？」

「そう怒りなさんな。まだ、事件が解決していないのなら、僕がお役に立つと思っただけのことだよ」

「じゃあ、君は、事件を解決できたのか？」

「ああ、全部、解決できたよ」

徳大寺はあっさりといい、煙草をくわえました。今日は、セブンスターを吸っています。

「石庭のトリックも、犯人の名前もわかったのか？」

「その通り」

「教えてくれ。犯人は、石庭でどんなトリックを使ったんだ」

「僕たちは、犯人の仕掛けた罠にまんまと引っかかっていたんだよ」

徳大寺は、苦笑し、頭をかいて見せました。が、私には、何のことかさっぱりわかりません。

「罠というのは、何のことだ？」

「雪の中の例の悪戯だよ。あれを、僕たちは、殺人への予行演習《リハーサル》だと考えてしまった」

「他に考えようがないだろう？」

「そうさ。誰もがそう考える。そこが、犯人の狙いだったんだよ」

「どうもよくわからんな。わかるように説明してくれないか」

「野外音楽堂の事件を、君は雪の密室だといったが、本当は密室でも何でもないんだ。舞台に屋根があるからね。雪の積る前に、短刀を突き刺した蠟人形を舞台に置いて帰る。そして、雪が降りやみ、白一色になった頃、車に乗ってやってくるのだ。車を舞台から七メートル手前で止め、そのままバックして行けば、あれと同じ状況が生れる。タイヤ跡は、カーブを切っていなければ、二重にはならないはずだよ」

「しかし、あれが、予行演習でないとしたら、犯人は、なぜあんな面倒なことをしたんだ？」

「僕たちに先入観を与えるためだよ。中原まゆみと同じ型の血まで使ったのもそのためだ。僕もまんまと罠に引っかかって、本物の血を使ったのは、乾く早さを調べるためだなどと考えてしまった」

と、徳大寺は、また頭をかいてから、

「石庭で殺人事件が起きたとき、僕は、犯人の罠に引っかかったまま、事件を推理してしまった。縁側から碑まで七メートル、全裸の被害者、凶器は短刀とくれば、いやでも、雪の中の悪戯は予行演習だったと思い込んでしまう。しかし、その先入観がある限り、石庭の謎《なぞ》は解けないんだよ。それで、僕は、頭を冷やすために、海を眺めて来たんだ。蠟人形のことを忘れたら、石庭の謎は簡単に解けたよ」

「どんな風にだ？」

「僕は最初、死体を縁側から碑へ運んだと考えたんだ。あの点々とついた血痕が、それを助長した。雪の悪戯が先入観として残っていたからだよ。車に蠟人形を積んで来て、雪に足跡をつけずに七メートル先の舞台に運ぶということが先入観になっていたからね。だが逆なんだよ」

「逆？」

「つまり、碑の台座で中原まゆみは殺され、犯人は、碑から縁側の方へ逃げた。縁側から碑への方向は考えなくてもいいんだ。縁側の方で殺し、死体を碑まで運んだというように考えさせるために、犯人は予行演習に見せた悪戯をやっておいたんだ」

「じゃあ、どうやって中原まゆみを殺したんだ？」

「簡単だよ。犯人は、中原まゆみを、午前十時少し前に、あの邸に呼び出し、庭師の山田徳太郎が来る直前に、二人で幕の中にかくれたんだ。まだ殺していないから血の匂いはしない。白砂が整えられ、山田徳太郎が帰ってしまってから、犯人は、いきなり中原まゆみを刺し殺し、裸にしてから、同じ場所にもう一度短刀を突き刺し、用意してきた縄で碑に縛りつけたんだ。あとは、碑から縁側へ渡るだけだ」

「砂の上についていた血痕は？」

「あれも罠だが、簡単につけられたと思うね。碑の台座に立って、白砂の上に、血を飛ばせばいいだけだからね。細い紐の先に、綿でも縛りつけておき、その綿に中原まゆみの血をしみ込ませ、それを縁側に向けて投げ、白砂の上を、そっと引きずり寄せればいいんだからね」

「じゃあ、犯人は、どうやって碑から逃げ出したんだ？」

「これも簡単だよ。碑の裏側で、じっと除幕式の始まるのを待っていればいいんだ。除幕が行われ、まっ裸の中原まゆみが、磔の形で殺されていれば、必ず大騒ぎになる。放っておくはずがない。人々が殺到する。白砂の上は、足跡だらけになるはずだ。その混乱に乗じて逃げればいいんだよ。犯人は中原まゆみの着物を丸めて手に抱え、その上に除幕に使われた白布をかぶせ、さも、幕を片付けるふりをして逃げたのだ。着物を縁の下に捨てたのは、殺人が碑のところで行われたのを知られたくないためだよ。

普通の密室とは逆の方向のトリックとわかれば、すぐ解けてしまうからね。もう一つ、除幕が行われた瞬間、犯人は、多分、被害者の着物を丸めて抱えて、落下傘《らっかさん》のように砂地に落ちた白布の中にかくれたんじゃないかな。犯人が小柄な男なら、可能だったはずだよ」

「小柄な男というと、蠟人形作りの高見沢健吉のことを、君はいってるのか？」

「そうだ。あの老人が犯人だよ」

15

徳大寺京介は、新しい煙草に火をつけました。いざ犯人を追いつめてしまうと、不思議に、徳大寺は悲しげな表情になるのです。今度も同じでした。恐らく、追いつめた快感よりも、犯人に対する憐憫《れんびん》の思いが先に立ってしまうのでしょう。

「僕は、動機が知りたくて、二年前の新聞を調べてみた」

と、徳大寺は、重い口調になっていいました。

「理由は君にも話したが、高見沢老人の自宅に美しい娘の蠟人形が、大事に飾られていたからだよ。酔っ払った老人は、二年前に死んだ女だとしかいわなかったが、どこか老人に似た顔立ちなんだな。それで、老人の秘密が二年前にあると思ったんだ。それに、二年前といえば、中原まゆみがミス・ジャパンに当選して、女優へのスタートを切った時でもある。それで、二年前の新聞を調べてみたんだよ」

「何か関係があったかね」

「ああ、あった。二年前のミス・ジャパンには、最初、大西圭子《おおにしけいこ》という女優が当選していたんだ。笑顔の写真がのっていたが、その顔は、高見沢老人の自宅にあった蠟人形にそっくりだったよ。ところが、この大西圭子は、スキャンダルを理由に失格してしまい、次点の中原まゆみが繰り上げ当選してしまったんだ。大西圭子は悲観して三日後に自殺してしまい、そのあとで、あれは悪質な中傷だったらしいと書いてあったよ」

「中原まゆみが流したデマだったのか」

「わからないね。だが、彼女やマネージャーが、このコンテストに賭けていたことは事実だ。繰り上げ当選の喜びの談話の中に、これでスターへの可能性が出たのが何より嬉《うれ》しいといっているからね。少なくとも高見沢老人は、中原まゆみが犯人と信じていたと思うよ」

「老人は、その大西圭子の父親だったのか？」

「別れた父親だよ。だから、娘の方は母親の姓を名乗っていたんだ」

「しかし、あの老人が犯人なら、なぜ、自分の作品を自分で盗み出す必要があったたんだ？」

「あれは違うんだよ。あれは、弟子の松林周平を殺すのが目的だったんだ。松林は、中原まゆみに憧《あこが》れていた。多分、彼女か、彼女のマネージャーに頼まれて、あの蠟人形を盗み出そうとしていたんじゃないかな。高見沢老人にとって、娘を死なせた中原まゆみに味方する者は誰でも憎かったろうし、娘の仇を討つためには、あの蠟人形が絶対に必要だったんだ。だから、弟子の松林を殺したんだ。蠟人形の事件が先に来てしまったものだから、僕たちは、てっきり人形を盗むために松林が殺されたと考えてしまった。犯人にとっては、思う壺《つぼ》だったろうね。一方、中原まゆみにすれば、あの蠟人形が野外音楽堂にさらされ、マスコミに取りあげられたことで、ますます、人形を焼き捨てる必要を感じたはずだよ。犯人の高見沢老人にとっては、それも計算のうちだったと思う。もしアメリカ映画のプロデューサーの前に、あの蠟人形がさらされでもしたら、絶対に、合作映画のヒロイン役は来なくなってしまう。腹にぜい肉がつき、崩れた笑いしか見せないような女優には、どこのプロデューサーも食指は動かすことはないからね。老人は、蠟人形を返してやるという餌で、中原まゆみをおびき出したのだろう。あるいは、来なければ、蠟人形をケスラー氏の眼の前にさらすぞと脅かしたのかも知れない。いずれにしろ、中原まゆみは、老人のいう通りに動いて、殺された。老人は、自殺した娘の仇を討つことに成功したんだ」

聞き終ると、私は、立ち上りました。高見沢健吉を逮捕するためです。

しかし、徳大寺京介は、腰を下したまま、

「僕は行かないよ」

と、いいました。

「あの老人の顔を見たくないんだ。辛《つら》いからね」

こんな言葉も、私は好きなのです。私の幻想の中のマサイの戦士を思い出させるからです。

# 天国に近い死体

1

私は、非番になると、山に出かけることにしています。私の名前は、前田利夫《まえだとしお》。三十二歳。名前が平凡なように、東京警視庁捜査一課に所属する平凡な平刑事です。

私が山を好きなのは、多分、毎日毎日、ごみごみした都会の中で、血なまぐさい殺人事件を追い廻《まわ》しているからだと思います。いくら刑事でも、人間である以上、殺人そのものが好きなわけがありません。だから、時々、山へ登って、澄んだ空気を、胸一杯吸いたくなるのです。

四月上旬に、珍しく三日間の休暇にありつくと、私は、リュックサックを背負い、北関東の山へ出かけました。日本アルプスだとか、谷川岳《たにがわだけ》といった有名な山に登りたいと、私は思ったことがありません。名もない山が好きなのです。一日山歩きをしても、誰《だれ》にも会わない、麓《ふもと》に下りると、清流の傍に、ひなびた温泉宿が、一軒だけ、ポツンと建っている。そんな場所が、私の理想なのですが、最近は、少なくなりました。

私は、行く前に、友人の徳大寺京介《とくだいじきょうすけ》に電話してみました。アフリカでもっとも精悍《せいかん》だといわれるマサイの戦士に似たこの友人を、私は、尊敬しています。彼の素晴らしい洞察力《どうさつりょく》が、私の関係した難事件を、しばしば解決してくれたからです。

「どうだい？　三日間ほど、山へ行って、鋭気を養って来ないか。ひなびた温泉で、都会の埃《ほこり》を落とすのも悪くないぜ」

と、私は、誘ったのですが、徳大寺は、

「悪いが、図書館へ通って、調べ物をしなきゃならないのだよ」

と、いやに落着いた声でいいました。

「調べ物って、何だい？」

「中央アフリカの原住民が所有する呪術《じゅじゅつ》の力についてね」

「何だって？」

「中央アフリカには、シバの女王の子孫だといわれる部族が住んでいてね。彼等は、われわれには、とうてい信じられない不思議な力を持っていると、伝えられているのだ。僕は、それに興味があってね」

「君みたいな頭脳明晰《めいせき》な男が、超能力を信じるのかねえ」

私が、溜息《ためいき》をつくと、徳大寺は、電話の向うで、クスクス笑ってから、

「確か君は、近眼だったねえ」

「ああ、おれは、両眼とも〇・二で、眼鏡をかけているよ。君も知ってるはずだ。それがどうかしたのかい？」

「君は、眼鏡なしには、五〇メートル先の看板の字を読めまい。ところが、僕は、両眼の視力が二・〇だから、楽に読める。君にとって、僕は超能力の持主になるわけだよ。超能力というのは、そうした簡単なことの延長なのさ」

私には、よくわかりませんでした。私がわかったのは、とにかく、ひとりで出発するより仕方がないということでした。何か一つのことに没入し始めると、徳大寺という男は、てこでも動かないことを知っていたからです。向うで、温泉宿に落着いたら、もう一度、誘いの電話をかけてみようと考え、私は、四月七日の夜、上野《うえの》から、東北線の夜行列車に乗ったのです。

私が、目標として選んだのは黒磯《くろいそ》駅から北西約二〇キロにある山でした。標高一〇九六メートル。手頃な山です。バスの終点から、更に五キロほど歩くと、N山の麓に着きます。野良着姿のお百姓が、私に向って、丁寧にあいさつをして通り過ぎて行きます。私は、そんなちょっとしたことも好きなのです。東京の真ん中で、毎日、ギスギスした生活をしているからかも知れません。

麓の道祖神の傍で、一休みしてから、私は、リュックサックを背負い直して、山道に入って行きました。風もなく、初春の陽が、木々の間から、柔らかく射し込んできます。人の気配は、全くありません。時々、鳥の声がし、鋭い羽ばたきを残して、尾ながが、飛び去って行きます。

（徳大寺も、図書館なんかに閉じ籠《こも》っていずに、このきれいな空気を吸いに来ればいいのに）

と、思いながら、私は、頂上めざして登って行きました。

頂上に着いたのは、午後一時近くでした。頂上は、平らな台地になっています。私は、リュックサックをおろし、遅い昼食をとろうとして、草むらに腰を下しかけたのですが、数メートル先に、男の死体を見つけて、ぎょっとして、立ちすくんでしまいました。

2

三十五、六歳の男でした。

草むらに、うつ伏せに倒れている男は、完全にこと切れていました。

だが、私は、落着きを取り戻すと、何となく、可笑《おか》しくなって、笑ってしまったのです。不謹慎なのは、わかっています。特に、私の職業は刑事です。たとえ非番とはいえ、死体を前にして、笑うなどとは、もってのほかといわれるかも知れません。それは、よくわかっているのですが、死んでいる男の恰好が、異様、というより、どう見ても、滑稽《こっけい》だったのです。きっと、あなただって、笑ったに違いありません。

男は、裸足《はだし》の上に、派手な花模様のパジャマを着て死んでいたのです。標高一〇九六メートルの山の頂上なのですよ。そこに、パジャマ姿で死んでいるのです。私は、笑ったあとで、白日夢でもみているような妙な気分になり、何度も、眼をこすりました。

しかし、いくら見直しても、眼の前の死体は、裸足で、パジャマを着ているのです。私は、死体の傍に屈み込み、仔細《しさい》に調べてみました。非番でも、刑事根性は抜けないものです。

おやッと思ったのは、薄くなった後頭部が、何か鈍器のようなもので殴られたらしく、深く陥没し、さらに、乾いた血がこびりついていたからです。

(他殺か)

私は、思わず、周囲を見廻しました。が、人の気配は、相変らずなく、物音一つ聞こえて来ません。

私は、煙草をくわえて、ライターを取り出してから、あわてて、それをポケットにしまいました。ここは、殺人現場なのです。少しでも荒らしたら、捜査員が迷惑すると思ったからです。どう見ても、パジャマ姿の死体にふさわしい場所とは思えませんでしたが、殺人現場であることに違いはないのです。

私は、しばらく考えてから、反対側に山をおりることにしました。地図によれば、そこに、一軒宿の温泉があることになっていたからです。殺人事件である以上、一刻も早く、県警に報告する必要があります。そう考えて、私は、急な山道を、麓へ向って急ぎました。

宿は、地図にあった通り、ポツンと一軒だけ建っていました。身体に自信はある方ですが、山道を駆けおりたので、旅館の前に着いた時には、足が、ガクガクしていました。

二階建の古ぼけた日本家屋で、近代的なホテルを見なれた眼には、妙になつかしく、また、同時に頼りなげに見える旅館でした。がたぴしする玄関の戸を開けて、案内を乞《こ》うと、いかにも人の好さそうな初老の主人夫婦が、奥から出て来ました。

「よう、おいでなさいましたな」

と、ニコニコして話しかけてくるのへ、私は、電話があるかと聞き、帳場の奥へ案内して貰《もら》いました。

受話器を取ってから、ハンドルをぐるぐる回すと、交換手が出る、何とも古めかしい電話でしたが、県警本部には、二、三分で繋がりました。

しかし、そのあとが大変だったのです。N山の頂上に、パジャマ姿で男が殺されていると私がいっても、相手は、なかなか信じてくれないのです。後で考えれば、当然だったと思います。私が、県警の警官だったとしても、いきなり、電話で、こんな事件を持ち込まれたら、眉《まゆ》に唾《つば》をつけたに違いありません。

私は、自分の名前をいい、疑うなら警視庁に照会してくれと怒鳴り、十五、六分、受話器を握って悪戦苦闘した結果、やっと、相手に信じさせることに成功したのです。こんなことは、初めてです。

「N山で、人が殺されとったですか？」

と、宿の主人が、眼を丸くして、私を見ました。頂上で、パジャマ姿の男が、といえば、また、宿の主人夫婦を前に、悪戦苦闘しなければならないので、「中年の男がね」とだけいい、リュックサックを、部屋に置かせて貰ってから、もう一度、N山に登りました。

せっかくの非番だというのに、と、ぼやきながらというのは、本当ではありません。半分は、ぼやきながら、あとの半分は、面白い事件にぶつかったことで、興奮してもいたのです。自分でいうのも変ですが、私は、根っからの刑事なんです。

頂上に着いても、県警の刑事は、まだ到着していませんでした。私は、彼等を待つ間、もう一度、死体を調べてみました。パジャマ姿ですから、腕時計もはめていないし、身元を証明するようなものは、身につけていません。土地の人間でないとすると、身元を確認するのに、骨を折るかも知れないと思いました。

顔はどちらかといえば、都会人風でした。それに、うつ伏せになっていたのでわからなかったのですが、顔を持ち上げてみると、妙なことに、右半分だけ、ひげがきれいに剃《そ》ってあるのです。左半分は、無精ひげが一杯です。どうも、妙な死体でした。友人の徳大寺が見たら、きっと興味を示すだろうなと考えているところへ、県警の刑事二人が、派出所の警官と一緒に上って来ました。二人とも、私と同年齢ぐらいの刑事です。死体を見ると、屈み込んで調べていましたが、背の高い、井上《いのうえ》という刑事が、

「正直いいますと、ここに来て、死体を見るまでは、まだ半信半疑でしたよ」

と、私にいいました。正直な男です。

派出所の警官は、この山の麓の生れだということで、五十歳くらい、陽焼けした顔には、どこか土の匂いがして、いかにも好人物といった小さな眼をしていました。

「どうもこの土地の人間じゃありませんな」

と彼は、眼鏡に手をやりながら、いいました。この土地の人間なら、昨日生れた赤ん坊の顔まで知っているが、全く見覚えがないというのです。

私たち四人は、死体の周囲を、丹念に調べてみました。頂上は、二〇〇平方メートルぐらいの台地になっていて、雑草が、茂っています。見晴らしのいい場所で、まだ雪の残っている遠くの山々が見えるし、この山の麓を曲りくねって流れるN川が、春の陽にキラキラ輝いているのです。交通の便が、もう少し良ければ、たちまち見晴台が作られ、麓からケーブルカーでも走るようになっていたに違いありません。もちろ

ん、ホテルや旅館が軒を並べて。そうなっていたら、パジャマ姿の男が、山の頂上で死んでいても、今ほど違和感は持たなかったかも知れませんが、今のN山の状況では、どう考えても、奇妙過ぎます。

急に、派出所の警官が、大きな声をあげました。死体から五メートルばかり離れた草むらから、ピカピカ光る金メッキのライターを拾いあげたのです。

そのライターには、「S・O」と、イニシアルが彫ってありました。被害者のものか、それとも、犯人が落として行ったものかは判断できませんが、収穫であることに変りはありません。私たちは、勢いを得て、なおも、草むらを捜し廻りました。その結果セブンスターの短い吸殻《すいがら》を二本見つけ出すことに成功しました。二本とも、同じ場所で、ライターの落ちていた近くです。

しかし、一時間近くかかって、私たちが見つけ出したのは、結局、ライター一個と、セブンスターの吸殻二本だけだったのです。あとは、コーラの空かん一つ見つかりませんでした。

県警の井上刑事は、ライターを、カチッと鳴らして火をつけてから、

「これが、被害者か、犯人のものだと助かるんですがねえ。とにかく、こんな妙な事件は、生れて初めてですよ」

と、私に向って、肩をすくめて見せました。私にだって、生れて初めて接した妙な

事件です。

「これから、どうする積りですか？」

と、私は、きいてみました。

「とにかく、死体を麓まで下し、車で、大学病院へ運んで解剖して貰います」

と、井上刑事がいい、もう一人の小山《こやま》という小太りの刑事は、

「私は、反対側へおりて、下の旅館の聞き込みをやってみますよ」

と、いいました。

井上刑事と、派出所の警官が、パジャマ姿の死体を、かついで下へ運ぶことになり、私と、小山刑事は、反対側へ下りて、例の温泉宿へ行くことになりました。

麓へおりた私は、旅館の名前が、「宇滝《うたき》旅館」というのだと、知りました。なんでも、近くに、美しい滝があり、その滝の名前が、宇滝というのだそうです。県警の小山刑事は、宿の主人夫婦に向って、

「今、泊り客がいるかね？」

と、ききました。私は非番だし、縄張り違いなので、黙って、見守っていました。県警の刑事のお手並拝見というちょっと意地悪な気持がなかったわけではありません。

「お一人、泊っていらっしゃいます」

と、宿の主人が、二階を、ちらりと見上げました。

た。

「男の客かね？」

「はい。東京からおいでになったお客様です」

「ちょっと、宿帳を見せて貰うよ」

小山刑事が、大学ノートの宿帳に眼を通すのを、私も、横からのぞかせて貰いました。

東京都世田谷区烏山《せたがやからすやま》――番地　山田一郎《やまだいちろう》

と、書いてありました。年齢は三十五歳。この旅館へ来たのが、一昨日の四月六日で、出発予定日は、書いてありませんでした。

山田一郎というのは、いかにも、偽名くさい名前です。小山刑事も、私と同じことを考えたらしく、

「山田一郎か」と、口の中で呟いてから、

「この客を呼んで来てくれないかね」

と、宿の主人にいいました。

3

その男は、痩《や》せて、何となく生気のない顔をしていました。

ロビーといっても、廊下の外れに、ソファを並べただけの場所ですが、私と小山刑事は、そこで、宿の丹前を着た山田一郎に会いました。陽が落ちて、急に寒くなり、宿のカミさんが、石油ストーブをつけてくれました。

「失礼ですが、身分証明書を見せていただけませんか」

と、小山刑事がいいました。男は、膝《ひざ》の上で、両手を握り合せたり、離したりしながら、

「なんで、そんなものを、あなた方に見せなきゃならんのですか？」

「N山で、殺人事件が発生したのですよ」

普通なら、え？　と驚くのが当然なのに、男は、無感動に、「そうですか」と、いったあと、

「しかし、身分証明書みたいなものは、持合せていませんよ」

と、首を振るのです。私は、臭いなと、直感的に思いましたが、前にも書いたとおり、ここでの主導権は、あくまで県警にあるので、黙って、小山刑事の出方を見てい

ました。

小山刑事は、煙草を取り出して、火をつけてから、

「じゃあ、住所と名前を教えていただけませんか」

「それなら、宿帳に書きましたから、そちらを見て下さい」

と、男は、そっけなくいいます。どうも、非協力的な態度です。小山刑事の、煙草の吸い方が、急にせわしなくなったのは、温厚そうな、この県警の刑事も、さすがに、腹が立ったのでしょう。

「あなたの口から聞きたいのですよ」

「東京都世田谷区烏山――番地、山田一郎」

相変らず、ぶっきら棒に、男がいう。

「おかしいですな」

と、小山刑事が、首をかしげて見せました。私が、何をいうのかなと、見守っていますと、彼は、続けて、

「宿帳には、山田五郎になっていましたよ」

男の顔に、急に狼狽《ろうばい》の色が走りました。

(なかなかやるな)

と、私は思いましたね。小山刑事は、山田一郎が偽名と考えて、カマをかけたに違

いない。それに、相手が、引っかかったというわけです。宿帳に本名を書いていれば、狼狽なんかするはずがない。偽名を書いたからこそ、山田一郎と書いたか、山田五郎と書いたか、自信がなくなってしまったのでしょう。

私は、そっと、立ち上ると、トイレに行くようなふりをして、二階に上り、男が使っている部屋に入りました。所轄が違いますが、何か役に立ちたかったからです。部屋の隅に、茶色のスーツ・ケースが一つだけ置いてありました。鍵がおりていて、中身を調べるわけにはいきませんでしたが、横腹に、「S・O」とイニシアルが入っているのが、私の眼に飛び込んで来ました。N山の頂上に落ちていたライターに彫ってあったイニシアルと、同じなのです。

私は、そのスーツ・ケースを手に持って、階下へ戻ると、それを、黙って男の前に置きました。S・Oのイニシアルが、よく見えるようにです。

これで、勝負が決まりました。「わかりましたよ」と、男は、ふてくされた顔で、肩をすくめました。

「名前は、小野《おの》清一郎《せいいちろう》です。しかし、何も悪いことはしていませんよ」

「じゃあ、これも、あなたのものですな」

と、小山刑事は、例のライターを、スーツ・ケースの横に並べました。

「ええ。私のですよ」

「これが、死体の傍、N山の頂上に落ちていたんです。その証明をしていただきましょうか」

「一昨日《おととい》、ここへ来るとき、山越えをしましたからね。その時、山の頂上で、煙草を吸いましたよ。落したんでしょうね、その時に」

「死体は？」

「そんなものは、ありませんでしたよ」

「いつもは、どんな煙草をお吸いですか？」

「セブンスターですが、それがどうかしたんですか」

「このスーツ・ケースの中身を見せていただけませんか」

と、小山刑事がいったとたんに、なぜか、小野清一郎の顔色が変りました。小山刑事も、それを見逃がさなかったらしく、

「殺人事件ですからね。どうしても、見せていただきますよ」

と、強い調子でいいました。小野は、手を伸ばして、スーツ・ケースを押さえて、

「何の権利があって、そんなことをするんです？　警察だって、他人のスーツ・ケースを見る権利はないはずだ」

「普段ならばそうですが、今は、緊急事態ですからね。もっといえば、死体の傍にあなたのライターが落ちていたのだから、あなたは、殺人事件の有力容疑者ということ

になる。協力をこばめば、署に来ていただいて、そこで、スーツ・ケースを調べることになりますよ」

小山刑事の言葉に、小野は、仕方がないというように肩をすくめ、丹前の袂《たもと》から、鍵《かぎ》を取り出して、テーブルの上に置きました。

小山刑事が、スーツ・ケースを開けました。私は、男が、あまりに非協力的だったので、何か犯罪の匂いのするもの、例えば、札束とか、拳銃《けんじゅう》が入っているのではないかと、ふと考えたのですが、中から出て来たのは、小さくたたまれた派手な格子じまの背広上下や、下着などでした。

「あなたは、脱いだ背広を、いちいち、スーツ・ケースにしまうんですか？」

小山刑事が、当然の質問を口にしました。

小野は、眉《まゆ》を寄せて、

「そんなことは、僕の勝手でしょう」

と、怒ったような声を出しました。

私は、ふと、思いついて、もう一度、二階の部屋に上って、押入れを開けてみました。私の思った通りでした。そこに、グレーの地味な背広や、コートが見つかったのです。背広の裏を返すと、小野というネームが入っています。

（おかしいぞ）

と、私は思いました。下着の着がえをスーツ・ケースに入れて旅行するのは、別に不思議はありません。しかし、国内旅行で、背広を二着も持ってというのは、あまり聞いたことがないからです。階下へおりて、私が、小山刑事に耳打ちすると、彼も、キラリと眼を光らせてから、スーツ・ケースの中の背広の上衣を広げ、裏のネームのところを見ました。驚いたことに、そこに刺繡《ししゅう》されていた文字は、小野ではなく、山田だったのです。

4

小野は、スーツ・ケースの中の背広は、古着屋で買ったので、前の持主の名前が、入っているのだと主張しました。もっともらしい弁明ですが、私は、信用できませんでした。

私も、安サラリーマンの一人ですから、時々、中古服の専門店で、まあまあの程度の背広を買うことがあります。そんな時には、確かに、前の持主のネームが入っていて、面倒くさいので、そのまま着ていることもあるにはあります。しかし、中古を買う場合でも、自分の好みというのが出るものです。ところが、この男は違う。部屋にあったのは、グレーの背広、コートは薄茶と、ひどく地味なものなのに、スーツ・ケースに入っていたのは、濃い緑の生地に、赤い格子縞《こうしじま》という派手なものなのです。それに下着も妙です。丹前の襟元からのぞいているアンダーシャツは、平凡な白いものなのに、スーツケースの中に入っているシャツは、緑色で、胸のところに、ハイティーンの持物みたいに、フットボールのボールが、印刷してあるのです。

真新しい靴も出て来ました。旅館の玄関にあった小野の靴は、黒の平凡なものなのに、こちらは、今、若者の中で流行っているハイヒールなのです。

「これでは、どうしても、一緒に、署まで来ていただかなければなりませんな」

と、県警の小山刑事が、厳しい声でいいましたが、当然のことでしょう。他人の背広や下着や、靴をかくし持っている泊り客と、山頂で、パジャマ姿で殺されていた男を、結びつけるのは、常識だからです。

小山刑事が、小野清一郎を、連行して行ったあと、私は、この宿の主人夫婦に、小野のことを聞いてみました。

帳場の横の部屋で、こたつに当りながら話したのですが、その時に、初めて、夫婦とも、補聴器を使っているのに気がつきました。なんでも、戦時中、夫婦で、飛行機工場で働いていて、空襲に遭い、傍に二五〇キロ爆弾が落ちて、二人とも、耳が遠くなってしまったのだそうです。

「あのお客さんは、一昨日の午後二時頃、お見えになりましたよ」

と、宿の主人は、私に、お茶をすすめてくれながら、いいました。

「来た時は、一人だったのかね?」

「ええ。一人でしたが、本当に、あの方が、人殺しをなさったんですか?」

「その疑いがあるということだよ。ここに着いてからの様子に、何か変ったところはなかったかね?」

「別にございませんでしたね。昨日は、朝食のあと、散歩にいらっしゃって。午後は、前のN川で釣りをなさっていらっしゃいました」

「誰かを待っている様子はなかったかね?」

「さあ。別にございませんでしたが」

「ここに着いてから、どこかへ電話をかけなかったかね?」

「昨日の夜、おかけになりましたよ」

「どこへ?」

「確か、那須《なす》温泉だったと思います」

「那須温泉といえば、この近くだね?」

「はい。この川沿いに五キロほど歩いて、そこから、バスに乗れば行けます。お客さんも、いらっしゃいますか?」

「いや」

と、私は、首を横にふりました。

そのあと、私は、自分の部屋に入りましたが、やはり、殺人事件が気になり、黒磯警察署へ行ってみることにしました。N山を越え、バスにゆられて、黒磯へ着いた時には、もう、周囲は、まっ暗になっていました。

私は、署長に挨拶《あいさつ》して、調査の進み具合を聞きました。

被害者の解剖結果は、もう出ていました。それによると、死因は、やはり後頭部陥没による内出血。死亡推定時刻は、昨日の午前三時から四時までの間ということでした。この時間は、ちょっと意外でしたが、小野清一郎という男が、その時間に、宿を抜け出したということも、十分に考えられるので、彼がシロということにはならないと思いました。

その小野清一郎ですが、連行されて来てからは、何をきいても、黙りこくって、完全黙秘を続けているのだそうです。訊問《じんもん》には、井上と小山の二人の刑事が当っていましたが、手こずっている様子でした。

「被害者の身元の割り出しの方は、どうですか？」

と、私がきくと、背のひょろりと高い井上刑事は、

「まだ、全然です。被害者が、現場まで、どうやって行ったかということだけでも知りたくて、黒磯駅や、バス会社にも当ってみたんですが、何の情報も得られずです。

また、あのN山の麓の村の人たちも、被害者を見ていないのです。もっとも、殺されたのが、午前三時から四時ですから、朝の早い農家の人でも、まだ寝ていたでしょうからね」

と、いって、小さな溜息をつきました。

しかし、悲観的な材料ばかりでは、ありませんでした。例のスーツ・ケースを、仔細《しさい》に調べたところ、「YAMADA」というネームの入ったライターが見つかったというのです。これで、中古の背広を買ったら、前の持主の名前が入っていたという小野の言葉は、嘘《うそ》だと、はっきりしました。

私の推理は、こうなります。

小野と被害者は、顔見知りです。小野は、一昨日の四月六日に、宇滝温泉に着き、翌日の午前三時から四時の間に、旅館を抜け出して、N山の頂上で、被害者と会ったに違いありません。動機はわかりませんが、小野は、被害者を山頂で撲殺しました。そのあと、身元をかくすために、裸にしてしまったのです。そうしておいて、被害者の身につけていた物は、自分のスーツ・ケースにしまってしまったのです。なぜ、パジャマを着せたかは、わかりませんが、この犯行をより謎《なぞ》めいたものにするためか、スーツ・ケースに自分のパジャマが入っていたのだが、被害者の衣服などを入れるとパジャマが入らなくなるので、仕方なく、死体に着せたかのどちらかではないでしょうか。被害者の身元は、まだ不明ですが、私の推理が正しければ、姓は山田ということになります。

黒磯署では、小野が宿帳に書いた世田谷区烏山——番地を、東京に照会しました。しかし、その番地に、小野清一郎という男も、山田という男もいないという返事が返って来たそうです。しかし、私は、小野が、くわしく住所を書いたことから、番地は違っても、世田谷区烏山という地名に嘘はないと見ました。人間というのは、そう嘘はつけないもので、嘘をついた積りでも、本音が混ってしまうものなのです。

小野は、一応、窃盗容疑で拘留されることになりました。別人の名前の背広や、ライターを持っていたからです。別件逮捕というのは、私はあまり好きじゃありませんが、小野が、完全黙秘をしているのでは、別件逮捕も止むを得ないでしょう。

私は、その日は、黒磯で泊り、翌日、宇滝旅館へ戻ったのですが、午後一時頃、旅館へ着くと、おカミさんが、ニコニコしながら、

「お友だちが、来ていらっしゃいますよ。丁度、今、お風呂《ふろ》へ入ってるとこです」

と、私にいいました。

友だちというのが、誰か見当がつかず、私は、手拭《てぬぐい》を持って、首をひねりながら、渡り廊下を通って、湯舟のある別棟へ行ってみました。

裸になって、ガラス戸を開けると、中は、もうもうたる湯気です。視力〇・二の私

は、眼鏡をとってしまうと、よく見えません。おぼつかない足取りで、湯舟の方へ歩いて行くと、

「やあ」

という、聞き覚えのある声がしました。眼をこらすと、徳大寺京介が、湯舟の中に、長々と手足を伸ばしているではありませんか。

「図書館通いをしているはずじゃないのか」

と、私がいうと、徳大寺は、微笑して、

「まあ、湯舟に入って、素晴らしい景色でも楽しんだらどうだね」

と、いうのです。仕方がないので、私も、彼の横に、身体を沈めました。ちょっと硫黄の匂いのするお湯ですが、湯舟の中に手足を伸ばすと、皮膚がじーんと鳴るようで、いい気持です。窓越しに、渓谷美が眼の前に展開するのも、楽しい眺めです。眼下に、N川が流れていて、湯舟に入りながら、釣りが出来そうな感じもします。

「温泉だけは、日本が一番だねえ」

徳大寺は、そんな呑気なことをいっています。

「そうかも知れないが、ここで、殺人事件があったんだ」

「知っているよ」

「え？」

「昨夜、テレビのニュースで知ったんだ。N山の頂上で、パジャマ姿の奇妙な死体。発見者は、非番で宇滝温泉にやって来た警視庁捜査一課の前田刑事つまり君だとね。それを見て、こうしてやって来たんだ。面白い事件だと思ってね」

徳大寺は、湯舟の中で両手で顔を洗うようにしながらいいました。私は、テレビを見てなかったので、そんなニュースは知りませんでした。

徳大寺は、大きく伸びをしてから、

「檜風呂《ひのき》というのは、いいねえ。木の香りが匂って来るところが何ともいえない」

「事件のことだがね」

と、私がいうと、徳大寺は、ニッコリ笑って、

「犯人は、もう逮捕しちまったのかね？　それなら、部屋に戻って、一杯やりながら、手柄話でも聞かせて貰いたいね」

と、いうのです。皮肉な男です。私は、仕方なしに、頭に手をやって、

「ここで起きた事件だから、あくまでも、県警が中心になって捜査しているよ。おれは、助言しか出来ない。それに、おれは、今、非番だからね」

「しかし、ご機嫌な顔をしているところをみると、解決の見通しが立っているようだね」

徳大寺は、ざあッと音を立てて、湯舟から出て行きました。

ほっそりと見えますが骨太で、強靱《きょうじん》な感じの徳大寺の裸身に、私は、一瞬、見とれました。どうしても、私は、マサイ族の戦士を思い出してしまうのです。

私も、湯舟を出ました。私の方は、近視、下腹が出てきて、典型的な中年スタイルの身体で、お世辞にも、マサイ族の戦士などとはいえません。

私は、徳大寺の背中を洗ってやりながら、

「一人、有力容疑者を、県警は、別件逮捕しているんだ。おれは、十中八、九、いや、九九・九パーセント、犯人に間違いないと思っている」

「どんな人物なんだね？」

と、徳大寺は、窓の外の緑に眼を向けたまま聞きます。私は、ざあっと、彼の背中を流してやってから、この旅館で逮捕した奇妙な男のことを、話しました。

徳大寺は、聞き終っても、何も意見をいわず、

「今度は、君の番だ」

と、私の背中を洗いはじめました。私は、学生時代、彼と二人で旅行に出かけた時のことを思い出しました。あの頃は、まだ、自分が警察で働くようになるとは思っていなかったし、こんな形で、徳大寺と、犯罪について語り合うとも、考えていませんでした。

「君の意見を聞かせて貰いたいんだがね」

と、私は、背中を洗って貰いながら、徳大寺にいいました。

「しかし、君も、県警も、その男について十分な自信を持っているんだろう?」

「ああ。あの男以外に犯人は考えられないね」

「じゃあ、僕が、あれこれいうことは、ないんじゃないかね」

「まあ、そうなんだが、男が完全黙秘を続けているんでね。それに、被害者の身元が、まだわかっていないんだ。それでも、多分、県警は、起訴に踏み切るだろうね」

「被害者の名前も、わからずにかい?」

「山田ということだけは確かだよ。今もいった通り、ライターにも、背広にも、山田のネームが入っていたからね。もちろん、犯人の小野清一郎は、被害者のことを、よく知っているに違いないんだ」

「細かいことも、当然、調べたんだろうねえ」

「何のことだ?」

「例えば、靴さ。スーツ・ケースに入っていた靴の大きさは、被害者の足に、ぴったり合うんだろうね?」

「大きさはどちらも二十五。ぴったり一致している。もっとも、二十五というのは、平均的な号数だがね」

「容疑者の小野清一郎の足の大きさも、二十五なんじゃないかね?」

「ああ。そうだよ。だが、彼のものじゃないよ。君だって、国内旅行に、靴を二足も持って行かんだろう?」

「まあ、そうだね」

「それにだ。スーツ・ケースの中の背広も靴も、下着も、着換えにしちゃ、派手すぎるんだ。もう片方の背広や靴に比べると、とうてい同一人の持ち物とは思えないのさ。つまり、違う人物のものだということだよ」

「なかなか理詰めじゃないか」

徳大寺は、賞めてるのか、皮肉っているのかわからぬ声でいい、私の背中に、お湯をかけてから、

「少し、腹筋運動をやった方がいいな」

「何だって?」

「これからの刑事は、スタイルも大事だからね。もう少し、お腹を引っ込めた方がいいな」

「はぐらかさんでくれよ」と、私は、ふり向いて、徳大寺にいいました。

「おれは、ここで起きた奇妙な殺人事件のことを、君に聞いてるんだぜ。君の感想を聞かせて欲しいんだ」

「話してもいいが――」

「いいが、何だい？」

「多分、君の気に入らんと思うよ」

「構わんさ。どんなことでもいってくれ。小野清一郎が犯人だという確信は、揺がんから」

「小野という男の他に、容疑者は、皆無みたいだが、調べなかったわけじゃないだろうね？」

「県警は、N村の住民の一人一人に当ったよ。それに、黒磯駅や、黒磯から、ここへ来るバスの運転手にもね。だが、怪しい人間を見たという報告はないんだ」

「なるほどね」

「感想をいってくれよ」

「一つだけいっておこうか。この殺人事件は、誠に面白い。僕の図書館通いを中止させて、ここに来させたくらいだからね。標高一〇九六メートルの山頂に、パジャマ姿で殺されていた中年男。しかも、ひげを半分剃っている。何とも奇妙な事件だよ」

「奇妙だということは、君にいわれなくてもわかっているさ。君に聞きたいのは、この事件をどう見るかということだよ。県警の捜査に批判があれば、それをいって貰いたいんだ」

「それを、いおうと思っているんだよ。奇妙な事件だのに、君や、県警の考え方は、ひどく常識的なんだねえ、これが、僕の正直な感想だよ」

5

私たちは、部屋に戻り、宿のおカミさんに、地酒を頼みました。非番だから、かまわないでしょう。それに、事件の捜査は県警が進めているし、犯人も逮捕されているのですから、この辺で、徳大寺と飲むのも悪くないと思ったのです。

おカミさんは、地酒と、肴《さかな》に、N川で獲れた寒鮒《かんぶな》のかんろ煮を持って来てくれました。最近は、どこの酒もやたらに甘口になってしまいましたが、有難いことに、ここの地酒は、辛口でした。酒は、こうじゃなくちゃいけません。

私は、徳大寺に、酌をしてやってから、

「さっきは、気になることをいったねえ」

と、いいました。徳大寺は、ニコニコ笑いながら、

「気になったかね？」

「奇妙な事件なのに、常識的な捜査をしていると君はいった。なんだか、おれや県警の捜査が、間違っているようないい方じゃないか？」

私が、どうなんだ、ときくと、徳大寺は、杯を口に運んでから、

「ような、じゃないよ。君や県警の捜査は間違っているよ」

と、私を驚かせるようなことを、いともあっさりといったのです。

私は、一瞬、言葉を失ってしまいました。今度の事件では、小野清一郎が犯人だと、自信満々だったからです。私は、徳大寺の素晴らしい頭脳には、いつも敬意を払っています。しかし、今度に限っては、彼の方が間違っていると、思いました。当然でしょう。今度の殺人事件では、小野以外に犯人と思われる人物がいないのですから。

「じゃあ、小野清一郎は、犯人じゃないというのかね？」

「違うね。僕は、まだ彼に会ってないが、まず犯人じゃないと断言していいね」

「断言するからには、根拠があるんだろうね？」

「もちろん。あるよ」

「じゃあ、話してくれ。聞こうじゃないか」

「そんな怖い顔はしなさんな」と、徳大寺は笑ってから、

「まず、小野清一郎が犯人だとして、話を進めてみよう。彼は、何かの理由で、被害者を、N山の頂上で撲殺した。そのあと、君の推理に従えば、裸にして、パジャマを着せたわけだが、そんなことをした理由は、何だろう？」

「もちろん、身元をかくすためさ」

「それなら、下着まで脱がせる必要はないよ。ネームの入ったライターや、背広だけ

脱がせばいい。さらに、おかしいことがある。第一は、パジャマだ。このパジャマは、君や県警の考えに従えば、当然、犯人が持っていたことになるが、国内旅行にパジャマ持参というのも変じゃないかね。宿の寝巻が気持が悪いからパジャマ持参という人もいるが、そんなに潔癖な犯人なら、それを死体に着せて、自分は、宿の丹前を着ているというのは、おかしいよ」

「他にも、疑問点はあるのか？」

「第二は、身元を知られたくないために、服から靴まで脱がせたというのに、それを、後生大事にスーツ・ケースにいれて持っていたことだよ。しかも、現場近くのこの宇滝旅館に泊まっていた理由が不可解じゃないかね？」

「小野は、那須温泉に電話している。そこに仲間がいて、車で迎えに来るのを待っていたんだと、おれは見ているんだ」

「そうかねえ」と、徳大寺は、首をかしげてから、

「話を続けよう。第三は、スーツ・ケースの中に入っていた背広や靴のことだ。君は、背広は派手だし、靴はハイヒール、それに下着は、ティーン・エイジャーが喜びそうなもので、中年の小野には似合わないという。だがね。殺された男も、中年で、サラリーマンタイプのはずだよ。とすれば、被害者にも似合わないんじゃないかね」

「じゃあ、小野は、なぜ、あんな背広や靴を後生大事に、スーツ・ケースにしまって

いたんだ？　しかも、ネームの違う背広や、ライターをだよ。君に、その説明がつくかね？」

「もちろん、説明がつくさ」

　徳大寺京介は、小憎らしく、ニッコリ笑ったのです。

「じゃあ、説明して貰おうか」

と、私も、意地になって、彼を見つめました。

「小野清一郎という男は、殺人事件とは、もともと関係がなかったんだよ」

「馬鹿な。じゃあ、なぜ、スーツ・ケースに別人の背広やライターが入っていたり、警察で完全黙秘を続けたりしているんだ？」

「納得できる解釈が一つある」

「ぜひ、それを聞きたいね」

「まず、君の勘違いを指摘しておこうか。地味な背広や靴、それに下着が片方にあり、もう片方に、派手な背広、ハイヒールの男の靴、それに、絵入りの下着があると、簡単に、人間は、別人の持物だと考えてしまう。だがね。人間というのは、そう単純なものじゃないんだな。日頃地味な人間は、絶えず派手な生活に憧《あこが》れているものだし、その逆もあるんだ。変身願望というやつだよ」

「それは知っているが、小野の場合は、別の名前《ネーム》が入った背広やライターなんだよ。

単なる変身願望とは違うじゃないか」

「確かにそうだ。だから、余計、面白いのさ。なぜ、そんなものを、大切にスーツ・ケースに入れていたか、考えてみよう。小野は、東京の人間だ。宿帳に書いた住所は嘘らしいが、世田谷区烏山という地名は実在するから、東京以外に住む人間には、ちょっと書けないだろうからね。年齢からみて、すでに家庭を持っているだろう。職業は、多分、サラリーマンだ。ところで、彼は、平凡な毎日の生活に耐えられなくなった。といって、家庭を捨てるだけの勇気もない。だから、彼は、一時的な変身を願望したのさ。二、三日か、あるいは、二、三週間か、小野清一郎でない別の人間になりたかったんだと思うね。派手な背広を着て、若者みたいなハイヒールを履いて、別の名前の人間になるという夢さ。その変身の場所として、彼は、静かな、山奥の、この温泉宿を選んだんだよ」

「――――」

「つまり、ここでは、彼は、小野でもなく、かといって、変身した山田でもないわけだ。だから、宿帳に、住所を東京にして、名前を山田一郎と書いたりしたんだと思うね。ところで、那須温泉だが、そこに、彼の好きな女がいるんだと思う。旅行に行った時にでも知り合った女だろう。彼女には、独身で、山田一郎だと嘘をついたんだと思うね。彼には、忘れられない女になってしまった。中年になってからの、初めての浮気だったのかも知れんな。小野は、変身願望と、恋のアバンチュールの両方を楽しむために、ここへ来たんだ。この旅館で、完全に山田一郎に変身して、那須の女に会いに行く。小野清一郎であることを示すものは、スーツ・ケースに押し込んで、ここへ預けて行くつもりだったんだと思うね。前にもいったように、家庭や仕事を捨てるほど勇気のある男じゃない。だから、何日か、那須温泉で、山田一郎として女と楽しんだら、また、ここへ帰って来て小野清一郎に戻り、東京の家庭と職場へ帰る気だったんだと思うね。だから、彼は、殺人容疑をかけられながら、黙秘を続けているんだよ。変身願望だとか、浮気だとかが、バレることになれば、職場と家族を、同時に失うことになるかも知れないからね。しかし、殺人犯にはなりたくないだろうから、そのうちに、喋《しやべ》り出すだろうと、僕は見ているよ」

6

徳大寺京介の推理は、結局、正しかったのです。癪《しやく》ですが、仕方がありません。

私が、電話で、黒磯署の刑事に、徳大寺の推理を伝え、それを、また、小野清一郎に突きつけたところ、急に、堰《せき》を切ったように喋り出したのだそうです。

名前は、やはり小野清一郎。住所の方は、宿帳にあったように、世田谷区烏山ですが、番地は違っていて、一流のM銀行の社宅に住んでいたのです。七年前に結婚した妻がおり、五歳と三歳の女の子もいる銀行員だったのです。三十八歳の現在まで、浮気らしい浮気もせずに、真面目な銀行マンとして過ごして来たのですが、去年の暮、一人で那須温泉へ行った時、泊った旅館の娘と出来てしまった。彼女には、自分は独身で、山田一郎と嘘をついたのだそうです。その時には、何の気なしについた嘘だったが、東京に帰って、また、味気ない繰り返しの日常に戻った時、もう一度、山田一郎に変身して、恋のアバンチュールを楽しみたくなったといいます。サラリーマンなら、誰もが抱く願望に違いありません。それで、小野は、いつもの自分でない自分に変身するために、派手な背広や、ハイヒールの靴を買い求めたのです。それも、山田のネームを入れ、また、新しく買ったライターにまで、「YAMADA」と彫り込んで貰ったのです。それを持って、小野は、変身する場所と決めた宇滝温泉にやって来たというわけです。

県警は、すぐ、東京に照会する一方、那須温泉に、小野のいう女性がいるかを調べました。その結果、彼の証言に嘘がないことが確められたのです。立花《たちばな》旅館という中堅旅館の一人娘で、名前は、由紀子《ゆきこ》。なかなかの美人で、小野のことを、名前は山田一郎で、独身と、疑っていなかったそうです。

「君のいう通りだったよ」

と、私は、翌日、湯舟の中で、徳大寺京介にいいました。

「相変らず、大した推理力だ」

私が、賞めると、徳大寺は、照れたように、ぶくぶくと、湯の中に顔を沈めてから、子供みたいに、「ふうッ」と、息を吐きました。

「それで、小野清一郎は、無罪放免になったんだろうね？」

「まあね。だが、あの男の奇妙な行動は、説明されたが、事件は、全然解決していない。それは、わかっているんだろうね」

「睨《にら》むねえ」

と、徳大寺は、笑っています。

「当然だろう。折角の容疑者が消えちまって、殺人事件は、白紙に戻っちまったんだからね。おれは、事件に関係した以上、休暇でここにいる間に解決するところを見たいんだ。その休暇も、今日で終りだ。おれが、いらいらするのも当然だろう？」

「白紙に戻ったというのは間違っているよ」

と、徳大寺は、湯舟の中で、うーんと、大きく伸びをしました。

「どこが間違っているんだい？　たった一人の容疑者が消えちまったんだから、白紙に戻ったというべきじゃないのかね？」

「違うね。事態は、かなり良くなっているよ」

徳大寺は、湯舟の縁に腰を下して、私を見ました。その自信に満ちた顔を見ると、何となく、事件が解決しそうに思えてくるから不思議です。

「しかしねえ」と、私も、並んで腰を下し、自分で肩をもみながら、

「どう事態が良くなっているんだい？　N山の頂上に、パジャマ姿で殺されていた男のことは、何一つわかっていないんだぜ」

「ああ。その通りだ。だが、この宇滝温泉に、たまたま小野清一郎という変身願望の男がいたために、ねじ曲げられてしまっていた捜査が、正常に戻っただけでも、大変な進歩だよ。冷静に、この事件を直視すれば、何ということもない、平凡な事件だからね。解決へ持って行くのも、さして難しいことじゃない」

「平凡な事件だって？」と、私は、思わず、大きな声を出してしまいました。

「どこが平凡なんだい？　身元不明の死体が、パジャマ姿で、それも、標高一〇九六メートルの山頂に転がっていたんだぜ。前例のない奇妙な事件じゃないか」

「そうかねえ」

徳大寺は、相変らず、楽しそうにニヤニヤ笑っています。こんな時の徳大寺は、小憎らしくて仕方がありません。こちらが、いらいらすればするほど、徳大寺は、落着き払って、こちらの狼狽ぶりを笑っているのです。もっとも、こちらが非才なために、妙にひがんでしまうのかも知れませんが。

徳大寺は、また、じゃぶじゃぶと、音を立てて、湯舟に身体を沈めてから、

「今、午前十時半だ。時間は十分にあるよ。それに、君は、やたらに奇妙な事件だと、奇妙さを強調するが、僕から見れば、面白くはあるが、そう奇妙だという気はしないねえ」

「なぜだ？」

「寝室で、パジャマ姿の男が殺されていたら、君は、奇妙だと思うかね？」

「いや。だがねえ。事件は、寝室で起きたんじゃなくて、山頂で起きているんだよ。君のは、詭弁《きべん》だ。それに、顔の右半分しか、ひげが剃ってなかったのは、どう解釈するのかね？」

「それだって、洗面所に、剃りかけの顔で死体が転がっていても、君は別に不思議な気がしないはずだよ。まあ、僕のいうことを聞きたまえ。君は、それも、詭弁という かも知れないが、こんな事件にぶつかった時必要なのは、まず、平凡な次元に引き戻して考えることだよ。そうすれば、奇妙さというベールに包まれているために、殊更、難しく見えていたものが、ひどく簡単に見えてくるものだからね」

「しかし、現場は、標高一〇九六メートルだよ」

「そんなに、大声を出さなくても聞こえるよ。僕は、耳が遠いわけじゃないからね」

と、徳大寺は、肩をすくめてから、

「ただ単に、天国にちょっと近い場所に、死体があったというだけのことだよ」

「どうも、そういう文学的な表現は、おれは苦手なんだがね」

「背中の流しっこをしないか？」

「今はそんな気になれんよ。今日中に、事件を解決しなきゃならないからね。悪いが、先にあがらせて貰うよ。これから、もう一度、現場であるN山の頂上に行ってみる積りなんだ。多分、県警の連中も、来ると思うからね」

私が、さっさと上り湯をかぶって、出ようとすると、徳大寺は、相変らず、のんびりと湯舟の縁に腰を下したまま、

「事件は、もう半ば解決しているよ」

と、妙なことをいうのです。

私は、浴室のガラス戸を半ば開けた恰好で、思わず、立ち止ってしまいました。

「嘘じゃあるまいね？」

「寒いじゃないか」と、徳大寺は、笑いました。

「そこを閉めて、もう一度、お湯に浸らないか。風邪を引くぞ」

「君の言葉が本当なら、喜んで、もう一度どころか、何度でも、お湯に飛び込むよ」

「本当だよ」

「よし」

と、私は、ガラス戸を閉めました。とたんに、大きなくしゃみが出たのは、四月上旬とはいえ、この辺は、まだ、寒さが厳しいからでしょう。急に、寒くなって、私は、湯舟に飛び込みました。

「さあ、話してくれ。犯人は、どこの誰で、あの被害者は、なぜ、パジャマ姿で、あんな所で死んでいたんだ？」

「まあ、あわてずに、ゆっくり聞いてくれないか。僕にだって、犯人の名前までは、まだわかっていないよ」

「じゃあ、何がわかってるんだ？」

「今度の事件の筋書きさ。君や県警の人たちが、小野清一郎のことを調べている間に、僕は、自分の推理に従って、ここから、いろいろな場所へ電話をかけた。そして、自分の推理が正しかったとわかったんだ」

「もったいぶらずに、それを話してくれ」

「まず、パジャマのことから話そうか」

と、徳大寺は、湯舟の中で、長い足を組みました。

# 7

「君は、殺しておいてから、裸にしてパジャマを着せたと考えているようだが、その考えは、間違っていると思うね。裸にしている間に、死後硬直が始まるはずだから、パジャマを着せるのは難しいし、パジャマを着せる理由がわからない。と考えると、被害者は、最初から、パジャマを着ていたことになる。つまり、パジャマがふさわしい場所、寝室にいたということだよ。だから、事件は、寝室から始まったわけよ」

「どこの寝室だね？」

「それは、これから話していくよ。パジャマの次は、ひげだ。右半分だけを剃ってあるというのは、何か神秘的だが、難しく考えず、常識的に考えればいいんだよ。被害者は、パジャマを着て、寝室にいた。眠っていたか、起きていたかはわからない。彼は、急用が出来て、まず、顔を剃り始めた。多分、電気カミソリを使ったんだろうと思うね。もし、石鹸《せっけん》なり、シェービング・クリームを塗って、普通のカミソリを使ったんだとしたら、その痕跡が残っていて、注意深い君が、とっくに、気がついているはずだと思うからだよ。被害者は、パジャマ姿で、電気カミソリを使って、ひげを剃っていた。その時間は、死亡推定時刻が四月七日の午前三時から四時ということだから、それより前ということになる。右半分のひげを剃り終った時、犯人が背後から忍び寄って、いきなり殴りつけて、殺したんだ」

徳大寺は、自信満々な調子で、いいました。

「すると、被害者はどこかの家の中で殺されたというのか？」

「その通りだよ」

「しかしねえ、その死体が、なぜ、山の頂上に転がっていたんだ？」

「もちろん、運んだんだよ」

「どうやって？」

「低いといっても、千メートルの山だから、担いで運んだとは考えられない。第一、そんなことをすれば、パジャマに、木の葉などが、付着してなければならないが、そんなところはなかったんだろう？」

「ああ」

「それに、麓の村人に目撃される恐れがあるから、こんな手段は取らないはずだ。とすれば、残るのは、上からということになる。つまり、飛行機で運んで来て、落としたということだね。飛行機も、普通の飛行機じゃない。考えられるのは、ヘリコプターだ」

「ヘリコプターだって」

私は、思わず、ニヤニヤ笑ってしまいました。徳大寺は、眉《まゆ》をしかめて、

「僕が、何かおかしいことをいったかな？」

「おれは、こう見えても、警視庁捜査一課の刑事だぜ」

「そうらしいね」

「ヘリコプターをおれが考えなかったと思うのかね。ちゃんと考えたさ。だが、宿の主人夫婦も、村の人間も、四月七日の早朝、爆音を聞いていないんだ。小野清一郎もだ。彼は前日に泊っているんだし、もし、ヘリコプターの爆音を聞いていれば、自分の無実を証明できるんだから、すぐ、いったはずだよ。それなのに、彼は、一言も口にしていないんだ」

「なるほどね。なかなか面白い。参考になるよ」

徳大寺は、相変らず、ニコニコ笑っています。が、私には、それが、なんだか負け惜しみのように見えました。どうやら、いつも鼻をあかされている徳大寺に、一矢報いられる機会が来たと、私は、いささか楽しくなって来たのです。

ところが、徳大寺は、そんな私の気持を見すかしたように、

「君の欠点を指摘しておこうか。着眼点がいいのに、簡単に、その推理を捨ててしまうことだよ。今度の事件が、その典型的な例だねえ。ヘリコプター以外に考えられないのに、爆音を聞いた者がいないというので、この推理を捨ててしまう。少し、せっ

かちに過ぎるんじゃないかね」

「お言葉ですがね。ヘリコプターは、グライダーみたいに、音もなく飛ぶというわけにはいかないんだよ」

「確かにね。だが、僕は、ヘリコプターによって、死体は運ばれ、N山の頂上に捨てられたと確信している。だが、爆音を聞いた者が出て来ない。それを、君は、否定と受け取ったが、僕は違う。面白いといったのは、その点だよ。どうやら君は、負け惜しみと思ったらしいが違うんだ。ヘリコプターが、飛んだはずなのに、何故、爆音が聞こえなかったのだろうか。まず、この旅館の主人夫婦だが、耳が遠く、補聴器を使っている。ヘリコプターが、彼等の眠っている間に飛んだとすれば、爆音が聞こえなかったとしてもおかしくはない。寝る場合には、補聴器を外すだろうからね。次は、小野清一郎だ。彼の場合は、二つ考えられる。一つは、眠っていて聞こえなかったのではないかということ。もう一つは、川の音だよ。ほら、こうしていても、川の水の音が聞こえてくるじゃないか。僕は、昨夜、あまり川の音がするので、なかなか眠れなかったくらいだよ。だから、もし、小野が起きていたとしても、川の水音にさえぎられて、爆音が聞こえなかったということも、十分に考えられるんじゃないかね」

「じゃあ、N村の村人はどうなるんだ。ヘリコプターが飛んだのが早朝だとしても、全部が眠っていたとは思えないがね」

「だから面白いんだ。N村は、この宇滝旅館とは、山をはさんで反対側にある村だ。そこの村民が、一人も爆音を聞いていないということは、ヘリコプターが、N村とは反対側、つまり、この旅館の上空を飛んだことになる。だから、爆音が聞こえなかったんだよ」

徳大寺は落着いた声で続けます。私は、やっぱり、このマサイ族の戦士には、かなわないと思いました。彼の話が、理にかなっているからです。

「犯人は、最初、被害者をN山の頂上に捨てる気はなかったと思うね」と、徳大寺は、続けました。

「犯人は、N川に捨てたかったんだよ。この辺だと、N川は、両岸は岩石が並び、流れは速い。ここへ捨てれば、岩に頭をぶつけ、急流に流される。後頭部の打撲傷は目立たなくなって、自殺、他殺、事故死のいずれなのかわからなくなるからだよ」

「じゃあ、何故、N川に落とさず、N山の頂上に捨てたんだね？」

「間違えたのさ。犯人は、多分、この宇滝旅館の灯を目標にして飛んで来たんだと思う。そして、この灯の右か、左かがN川と覚えていた。ところが、勘違いして、逆の側に捨ててしまったのさ。それで、N山の頂上の草むらに、パジャマ姿の死体を捨ててしまったわけだよ。山頂では、草むらが、マットの役目をして、死体を損わずにすんだ。面白い事件にはなったが、犯人にしたら、ミスを犯したわけだよ。もし、川に落下して、死体が傷だらけになっていたら、僕も、こんなに楽に推理できなかったろうね」

「君のいう通りだとしてだな。何故、犯人は、死体を落とす場所を間違えたのかね？　大事なことなのに」

「多分、犯人は、いつも飛ぶのと、逆の方向に飛んだんだろうね。川は、宇滝旅館の右と思い込んでいたのに、四月七日は、たまたま、逆方向から飛んで来たので、山へ落としてしまったということだよ」

「しかし、ヘリコプターは、関東地方だけでも、一機や二機じゃないぜ。それに、死体を運ぶのに、届けて飛ぶはずがないから、飛行記録でチェックしていくわけにもいかん。君の推理が正しいとしても、肝心のヘリコプターを見つけるのが、難しいんじゃないかね？」

「大丈夫。もう見つけてあるよ」

「何だって？」

またもや、私は、呆然《ぼうぜん》としてしまったのです。

「簡単な消去法だよ」

と、徳大寺は、ニコニコ笑いながらいいました。私は、黙って、彼の話を聞くだけです。

## 8

「京浜地区に犯人がいたのなら、こんな山奥までヘリコプターを飛ばさずに、海へ、死体を捨てるに決っている。また、N川以外に、適当な川が近くにあれば、危険を冒して、N川へ捨てようとは考えないだろう。まだ、暗い中に、ヘリコプターを飛ばす場合には、よく知った地形の上空でなければ、危険だからね。と、考えてくると、このヘリコプターは、N川周辺から飛んで来たことになる。それも、N村の方角からではない。と、なれば、場所は、かなり限定されてくるわけだ。ところで、この辺りで、ヘリコプターがあるとすれば、いったい、どんなところだろうか?」

「まず自衛隊だね」

「そう。自衛隊なら、ヘリコプターは持っている。しかし、この辺りに、自衛隊の駐屯地はないし、もしあったとしても、自衛隊の場合、勝手に、私用でヘリコプターを飛ばすことは、まず、不可能だ」

「次に考えられるのは、大きなコンビナートだね。連絡用や、事故の監視用にヘリコプターを持っている可能性があるが、この辺りに、コンビナートはないな。この辺りには、温泉旅館やホテルがあるが、ヘリコプターがあるホテル、旅館というのは、聞いたことがない。この近くには、ヘリコプターはいないんじゃないかね？」

私が、頭をひねると、徳大寺は、「あるよ」といいました。

「この辺りには、温泉もあるが、農家が多い。今の農家は、人手が足りないので、種まきや、肥料の撒布《さんぷ》、除草剤の撒布に、ヘリコプターを頼む場合が多いんだよ。また、それを見込んで、それ専門のヘリコプター会社が出来ているんだね。操縦士二人ぐらいで、ヘリコプター一機という小さな会社さ。僕は、それに狙《ねら》いをつけて、調べてみた。電話帳で捜して、片っ端から電話してみたのだ。もちろん、事件で調べているのを見破られるようなヘマなことはしない。その結果、一つの会社が浮び上って来た。黒磯市の郊外で、三年前から営業を始めている『千田《せんだ》農薬』という会社があるんだよ。ヘリコプターを使って、種まきから、農薬の撒布までやる会社だ。興味があることに、四月六日、七日の両日は、仕事で、ヘリコプターと操縦士が、K村に来ているんだ。K村というのは、地図で見るとわかるが、N川の上流にある村でね。しかも、この会社の社長千田豊造《とよぞう》四十二歳が、行方不明になっているそうだ」

私は、徳大寺の話を聞き終ると、風呂場から飛び出していきました。帳場の電話にかじり付き、黒磯署の捜査本部に連絡したのはいうまでもありません。

その結果、いつもの通り、徳大寺京介の推理の正しさが、証明されたのです。

千田農薬は、社長の千田豊造、妻の糸子《いとこ》、それに親戚の田口秀一《たぐちしゅういち》、女事務員の鈴村《すずむら》由利子《ゆりこ》の四人でやっている小さな会社です。ヘリコプター一機。四十二歳の千田豊造と三十歳の田口秀一が、操縦士で、最近は、農家の人手不足から仕事がふえ、かなりの収益をあげていたといいます。

黒磯署の刑事が、千田豊造の顔写真を取り寄せたところ、パジャマ姿で死んでいた被害者に間違いないことがわかり、四月六日から七日にかけて、K村に、千田と一緒に、仕事で飛んでいた田口秀一を逮捕して、取調べました。

最初、田口は、次のように主張したそうです。

社長の千田と、K村に一緒に来たことは認める。K村での仕事が三日間続くので、草むらにヘリコプターを置き、テントを張って三日間を過ごすことにした。ところが、二日目の朝、眼を覚ますと、社長の千田豊造の姿が消えていた。あわてて、ヘリコプターで、K村の周辺を捜したが、見つからず、ずっと心配していたのだと。しかし、県警の刑事が、追及していくと、夕方になって、とうとう、殺しを自供したと、井上刑事が、電話で、私に知らせてくれました。

田口の自供によると、彼は、経理にくわしいので、社長の千田から会社の経理を委されていたのをいいことに、五百万円近い使い込みをしていたというのです。四月六日に、田口は、社長と一緒に、ヘリコプターでK村に行き、テントの中で酒を飲んでいるとき、つい、うっかり、使い込みを匂わせるようなことを口にしてしまったのです。社長の千田は、気付かないような様子でしたが、眠りについたあと、午前三時頃、ふと田口が眼をさますと、千田が、パジャマ姿で起き上り、電気カミソリで、ヒゲを当っていたのです。何をしているのかと、田口がきくと、仕事の前に、ちょっと、黒磯の会社に戻って、帳簿を調べてくるといったというのです。調べられたら、いやでも五百万円の使い込みが、バレてしまう。そこで、近くにあったスパナで、ひげ剃り中の千田を殴り殺してしまったのです。困ったのは、死体の処理です。そこで、田口は、徳大寺の推理した様に、パジャマ姿の死体をヘリコプターに積み込み、N川に捨てることを考えたのです。死体は岩石にぶつかり、急流に流され、後頭部の打撲傷もわからなくなってしまい、ただの不可解な死になってしまうだろうと、思ったそうです。田口は、まだ、夜の明けぬ中に、死体を積み込み、出発しました。まだ地上は、夜の闇《やみ》に包まれています。田口は、一度行ったことのある宇滝旅館を目標にして飛んだのですが、やはり、狼狽が続いていたのでしょう。宇滝旅館の灯が見えたとき、会社のある黒磯から飛んで来たのだと勘違いしてしまったのです。黒磯から来れば、川は、宇滝旅館の右側です。そう思って、死体を捨てたが、実際には、N山の頂上の草むらに落下してしまったというわけです。

奇妙な殺人事件は、かくて解決しました。おかげで、私は、心置きなく東京へ帰れることになったのですが、徳大寺は、もう一日、この旅館に泊るというのです。

「図書館通いは、本当に止めちゃったらしいな」

と、私が、いうと、徳大寺は、手拭を持って立ち上り、

「湯舟に浸って、痴呆《ちほう》みたいになっていたいんだよ」

と、いい残して、彼の長身は、薄暗い渡り廊下に消えて行きました。

本書は、昭和五十八年三月に小社より刊行した文庫を改版したものです。なお本文中には、気違い、精神異常、頭がおかしい、狂人、痴呆など、今日の人権擁護の見地に照らして使うべきではない語句や、不適切な表現があります。しかしながら、作品全体を通じて、差別を助長する意図はなく、執筆当時の時代背景や社会世相、また著者が故人であることを考慮の上、原文のままとしました。（編集部）

# 一《いつ》千《せん》万《まん》人《にん》誘《ゆう》拐《かい》計《けい》画《かく》

西《にし》村《むら》京《きよう》太《た》郎《ろう》

昭和58年 3月10日　初版発行
令和5年 5月25日　改版初版発行

発行者●山下直久

発行●株式会社KADOKAWA
〒102-8177　東京都千代田区富士見2-13-3
電話　0570-002-301（ナビダイヤル）

角川文庫 23658

印刷所●株式会社暁印刷
製本所●本間製本株式会社

表紙画●和田三造



●お問い合わせ
https://www.kadokawa.co.jp/（「お問い合わせ」へお進みください）
※内容によっては、お答えできない場合があります。
※サポートは日本国内のみとさせていただきます。
※Japanese text only


ISBN 978-4-04-113571-6　C0193

◇◇◇

# 角川文庫発刊に際して

角川源義

第二次世界大戦の敗北は、軍事力の敗北であった以上に、私たちの若い文化力の敗退であった。私たちの文化が戦争に対して如何に無力であり、単なるあだ花に過ぎなかったかを、私たちは身を以て体験し痛感した。西洋近代文化の摂取にとって、明治以後八十年の歳月は決して短かすぎたとは言えない。にもかかわらず、近代文化の伝統を確立し、自由な批判と柔軟な良識に富む文化層として自らを形成することに私たちは失敗して来た。そしてこれは、各層への文化の普及滲透を任務とする出版人の責任でもあった。

一九四五年以来、私たちは再び振出しに戻り、第一歩から踏み出すことを余儀なくされた。これは大きな不幸ではあるが、反面、これまでの混沌・未熟・歪曲の中にあった我が国の文化に秩序と確たる基礎を齎らすためには絶好の機会でもある。角川書店は、このような祖国の文化的危機にあたり、微力をも顧みず再建の礎石たるべき抱負と決意とをもって出発したが、ここに創立以来の念願を果すべく角川文庫を発刊する。これまで刊行されたあらゆる全集叢書文庫類の長所と短所とを検討し、古今東西の不朽の典籍を、良心的編集のもとに、廉価に、そして書架にふさわしい美本として、多くのひとびとに提供しようとする。しかし私たちは徒らに百科全書的な知識のジレッタントを作ることを目的とせず、あくまで祖国の文化に秩序と再建への道を示し、この文庫を角川書店の栄ある事業として、今後永久に継続発展せしめ、学芸と教養との殿堂として大成せんことを期したい。多くの読書子の愛情ある忠言と支持とによって、この希望と抱負とを完遂せしめられんことを願う。

一九四九年五月三日